# 銀橋



中山可穂

角川文庫
22626

# 目次

黒燕尾に身をつつんだ男役の一団が陣形を描きながら大階段を降りてくる姿がシルエットのなかに浮かび上がる。やがてライトが当たり、ふぉっ、という掛け声とともに群舞がはじまる。最も強い光の中にその身を挺《てい》し、天上へとまっすぐに伸ばした腕一本でその儀式を司《つかさど》るトップスターは、舞台の神様とひとつにつながっているかのようだ。指先から燕尾のテールに至るまで隙間なく神経が張り巡らされ、一振りごとに研ぎ澄まされて、一ミリの無駄も遊びもない端正な動きで全体のラインが整っていく。後頭部に第三の目を持っているかのように、その動きにはわずかのぶれもなくぴたりと揃っている。誰もが無心で、静謐な気迫を込めて、毅然と、そして優雅に舞いながら、センターにいるトップスターへとそれぞれの思いを集約していく。大階段を降りきった男役たちは本舞台での振りに入る。

その瞳、凛々しく蒼く輝き、

その胸、炎のごとく燃えさかり、

その四肢、真っ直ぐに天に伸び、

その背中、竹のごとく気高くぴんと張り、
その汗、宝石のように飛び散り、
その魂、涼やかに曇りなく澄み渡り、
燕尾のテール、風を孕《はら》んでふうわりと揺れる。

やがて男役たちは本舞台から銀橋《ぎんきょう》へと移動し、一列にずらりと整列する。その背景には、このあとのデュエットダンスのためにトップ娘役が大階段の真ん中にスタンバイしている。銀橋センターで舞台の神様への献舞を終えたトップスターは、かたく引き締めていた口元をほどいて、花が咲きこぼれるような笑顔を大階段上の娘役に向ける。黒燕尾の集団は、暗転とともに静かにそっと捌《は》けてゆく。音もなく、闇の中にほのかに光る汗の残像と、崇高な気配だけを残して。

そのとき劇場は浄化され、愛と祝福で満たされる。

# 1

毎朝のことだ。

えり子は誰よりも早く楽屋入りすると、専科部屋に忍び込み、尊敬する専科さんのお化粧前を掃除することから一日をはじめる。彼女が師と仰ぐ専科のアモーレさんこと愛《あい》河《が》凜《りん》さんの楽屋出は誰よりも早く、前日の公演がはねたあとの慌ただしい状態のまま、メイク用品や楽屋着やアクセサリーなどがあちこちにとっ散らかっている。えり子はそれらをひとつひとつ、あるべき場所に戻し、衣類は折り畳み、きれいに整えてから、箒でチリを掃き、雑巾で拭き掃除をする。前日の花を捨て、新しい切り花を花瓶に挿す。そうして最後にアイペンを削り、燕尾服にアイロンをかけ、靴を磨いてから、そっと専科部屋を出て、自分の大部屋に戻るのだ。アモーレさんの楽屋入りは誰よりも遅いので、うっかり遭遇することはない。

これが公演中の、えり子の毎朝の日課だ。アモーレさんに言われてやっているわけではなく、勝手に、自主的にやっていることだ。稽古場でも舞台上でもまだ盗み足りなくて、アモーレさんの芸の秘密が散らかった楽屋のどこかに落ちてはいないか、その気配さえも盗み取ろうとして楽屋に忍び込んだ瞬間、あまりの乱雑ぶりにため息さえこみあげて、犯人の痕跡を探す刑事のように丹念に、わずかな手がかりも見逃すまいと目を凝らしていくうちに、ふと気づけば片付けはじめていたのである。えり子がアモーレさんのすべてを盗みたいと思うのは、新人公演の本役さんだからでもあるのだが、あの方のような男役になりたいと思って宝塚に入ったからでもある。

一体誰が毎日自分の楽屋をきれいにしてくれているのか、アモーレさんはもうとっくにご存知なのかもしれない。新人公演で自分の役をする生徒が、ほとんどストーカーのように本役さんを見つめるのはよくあることだ。しかし専科というのは技術も人間性も傑出したベテランだけが所属できるスペシャリスト集団であり、組のトップさんとはまた違う重みがあって、容易には近づけない遠い存在である。えり子のような下っ端が勝手に専科部屋に侵入し、掃除をしていたとわかれば、組長さんから大目玉を食らうことは必定だから、あえて黙ってくれているのだろう。

なんでも盗め。私のすべてを。

盗めるものなら。

アモーレさんは何も仰《おつしや》らないが、えり子は毎朝片付けがいのある化粧前の混沌を見るたび、そんなふうに言われているように思える。本当は几帳面なきれい好きの性格なのに、えり子に役作りのヒントを与えるためにわざと散らかして楽屋を出て行かれるのではないかと思うこともある。老け役のメイクのために、ルボタンは何番を使い、下地クリームはどれとどれを組み合わせているか。髭のりは何を使い、髭の管理はどうしているか。喉のために何を摂取し、肌の保湿に何を使っているか。たとえばこんなことが、楽屋の掃除をしているとよくわかる。きっと訊けば教えてくれるのだろうが、一から十まで訊いてしまうことはえり子の性格としてできない。大事なことは自分で手と足と頭を使って得なければ、何も本当には身につかないような気がするのだ。そしてえり子が一番知りたいのは、そういう具体的なことではなく、あの仄《ほの》かに闇に残す色っぽい気配の秘密だからだ。名脇役と謳われ、芝居通を唸らせるいぶし銀の色気は、どのように生き、どんなふうに年を重ねれば醸し出すことができるのか。

　お茶目で、賢明で、謙虚で、豪胆で、深遠で、老獪で、この花園の酸いも甘いも知り抜いた、生き字引のような専科さん。渋く、どこまでも渋く、成熟した大人のダンディズムを滲ませつつ、しかし宝塚では学年とともに若返っていくという真理を体現されているかのような専科さん。登場するだけで場の空気を締め、たった一声で世界を変えることができる黄金の声音を持ち、どんなセリフにもリアリティと説得力を与えてくれる専科さん。集合日から完璧な役作りで稽古場に立ち、組子たちに黙って範を見せ、公演が終わればじゃあまたねと爽やかに去っていく、プロフェッショナルな職人魂。あなたのような役者に、私はなりたい。

　いや、むしろ、あなたになりたい。

　えり子が楽屋を片付けながらそんなふうに熱く思いつめるのは、毎朝のことだ。

えり子は一度だけ、中学生のとき、東京宝塚劇場の最前列で舞台を観たことがある。熱狂的な宝塚ファンであるクラスメイトのゆりちゃんに誘われて、生まれて初めて花組公演を観たのだ。一緒に行くはずだったゆりちゃんのお母さんが急用で行けなくなったために、そのチケットが演劇部のえり子にまわってきたのである。正直、えり子はあまり気が進まなかった。演劇部の顧問の先生の方針でシェイクスピアやチェーホフといったお堅い古典ばかり上演し、中学生のくせに背伸びしてスタニスラフスキーやピーター・ブルックの演劇論なんかを読んでいる硬派な演劇少女だったえり子にとっては、テレビでちらりと見たことがあるベルばらはド派手な学芸会のようにしか思えず、あの濃すぎるヅカメイクにドン引きし、ゆりちゃんたちヅカオタの醸し出す一種異様な雰囲気に違和感と偏見を覚えていたからである。なぜ女が演じる男に女がこれほど夢中になるのかがえり子にはまったく理解できなかった。ゆりちゃんは最前列のチケットがいかに貴重なプラチナチケットであるか、こんこんとえり子に言い聞かせた。

「最前列センターブロックのチケットなんて、一生に一度しかまわってこないわよ。うちのママ、気が狂うほど悔しがってたんだから。何十年もヅカファンやってて、ようやく巡ってきた夢のチケットだったのにって。最初のヅカがこんないい席で観られるなんて、えりちゃんは本当に本当にラッキーなんだからね」

「あ、そう……それはどうもありがとう」

「あのね、えりちゃんは知らないかもしれないけど、チケットサイトじゃ十万円で取引されてる席なのよ」

「えっ、じゅ、十万円……！」

「ご心配なく。うちは友の会の先行抽選で定価で手に入れたから。でもこれで一生分の運を使い果たしちゃったかも。せめて幕間に公演デザートくらいご馳走してもらわないとね」

「よ、喜んで……お礼に甘いものでも食べてきなさいって母さんからも言われてるから、何でも好きなものを召し上がれ」

「まあこの席の価値を思えば、帝国ホテルでアフタヌーンティーをご馳走していただいてもお釣りが来るくらいですけど」

「それは中学生にはハードルが高すぎる……」

「冗談よ、シャンテのケーキでいいわ。でも出待ちのあとでね」

「でまちって？」

「スターさんの楽屋出をお見送りするのよ」

「へえ、そんなことまでしているの？」

「会に入ってればみんなやってるわ」

「会って？」

「私設ファンクラブのことよ」

開場とともにえり子は劇場のなかに吸い込まれていった。席に着くとゆりちゃんは興奮して、

「わあ近い！　リアル天国！　すごい！　すごすぎる！」

と叫ぶほどだった。ステージの前にはオーケストラボックスがあり、さらにその前に客席に沿って張り出した細長い通路があった。そんなものは、ほかの劇場では見たことがない。

「ねえ、これ何？」

「銀橋よ。エプロンステージともいうわ。スターさんだけが通れる道なの。こんな至近距離でパッパさんにウインクされたら、私どうにかなっちゃうわ！」

パッパさんというのはゆりちゃんのご贔屓の当時花組二番手・如月《きさらぎ》すみれさんの愛称のようだ。

「どうしてこんなものがあるの？」

「どうしてって……あらためて訊かれると困るけど……まあ何ていうか、夢と現実の架け橋、的な？　スターさんが向こう側からこちら側に降臨する、的な？　そういう有り難いものなのよ。だってファンは少しでも近くで好きなスターさんを見たいものだから。その欲求を満たすためだけに生まれた、宝塚にしかないものなの」

「ふうん……」

そのときのえり子には、降臨などという大げさな言葉をゆりちゃんが嬉々として使っ

ていることの意味がよくわからなかった。ヅカファンが当たり前のようにおこなっているこのような神格化に対して、まだまだ冷めた気持ちでいることしかできなかったのだ。

　しかし、舞台の幕が開くと、すべてが一変した。男役は麗しく、娘役は可憐で、脚本も音楽も彼女たちの美しさをロマンティックに引き立てている。リアリズムではなくファンタジーとしてみれば、これほど心地よい芝居はない。ラブシーンになると、これって女同士なのよね、と最初は恥ずかしさに身構えてしまっていたのだが、いつのまにかそんな気持ちはなくなり、ごく自然に宝塚の様式美を受け入れていた。なるほどこれなら乙女の胸を掻《か》き毟《むし》るのも無理はない、と演劇部らしく冷静に観劇していたえり子は、やがて髭《ひげ》をつけて出てきた一人の紳士に釘付けになった。その人も同じタカラジェンヌであるはずなのに、つまり女性であるはずなのに、どこからどう見ても、本物の英国紳士にしか見えないのだ。その人だけが、明らかにほかの出演者とは異なるレベルで、初老の、上品な、まごうかたなき男性として存在している。歩き方、声の出し方、絶妙な間の取り方、ちょっとした所作、繊細な感情表現……えり子はその人から片時も目が離せなくなった。そう、よく見れば、その人が特別出演している男性の役者ではなく、女性なのだということはわかる。他のジェンヌさんたちに比べて年齢も経験もはるかに上なのだということも。トップさんと二人のシーンでも、えり子は息を詰めてその人ばかり見ていた。

「ねえ、あの貴族の、なんとか卿の役やった人って、何ていう人？」

芝居が終わって休憩に入ると、えり子は夢うつつ状態で放心しているゆりちゃんに訊いた。

「え？……ああ、愛河凜さんだよ。愛称はアモーレさん。組子からはアモ様とか、アモちゃんさんって呼ばれてる」

「すごいねあの人！　あの人だけ全然違ってた。うまくて渋くてかっこよかったあ」

「そりゃ、専科さんだからね。うまいのは当たり前だけど……でも、そこ？　初めて観た宝塚の感想が、そこなの？　さすが演劇部は違うわね」

「専科って何？」

「五組に属さない、呼ばれればどこの組にも出れる、特別に芸達者な人たちのこと。ちなみに専科にはスター専科と本専科とあって、アモーレさんは本専科ね」

「それってどう違うの？」

「路線だった人が人事の都合でトップや二番手になれなくて、飛ばされるのがスター専科。本専科は重要な脇役専門の、なくてはならない重鎮ってとこかな」

「アモーレさんのブロマイド、売ってるかな？」

「えりちゃんって、老け専だったの？　パッパさんのあの色気を間近で見ても何も感じなかったわけ？」

「あ、ごめん、私、ほとんどアモーレさんしか見てなかったし」

「せっかくの最前列なのに、専科さんしか見なかった？……何てもったいない！」

休憩が終わってショーがはじまると、理屈や常識を軽々と超えていく圧倒的な美の洪水が降り注ぎ、えり子は度肝を抜かれた。えり子が一番驚いたのは、踊りはじめるやいなや男役の人たちが一斉にキザりながら客席に向かってウインクを飛ばしたり、吐息のような雄叫びのような変な声を出したり、エロティックに腰を振ったりしたことだった。こ、これは一体何なのよ。公衆の面前でこんなことしちゃって、されるこっちが恥ずかしいわ。でもゆりちゃん含めまわりの観客は狂喜して拍手を送っている。あ、ここは喜んでいいとこなのか。あのキザりは芸なのね。バチバチとウインクが飛んでくるたび、えり子はひたすらうろたえて目を泳がせ、でもちょっと嬉しくて、男役という不思議な生き物に魅了されていった。どういうわけかアモーレさんは出てこなかったが、あのおじさまがこんなダンスをするのも変な気がしたし、次から次へとあらわれる個性的な男役さんを追いかけるのに夢中で、あっという間にフィナーレに近づいていった。大階段を使った黒燕尾の群舞がはじまると、わけもわからずえり子は涙が溢れてきた。あまりにも美しいものを見ると人は悲しくなるのだということを、えり子は十四歳で知ることになった。それはえり子にとって、宝塚というものが人生のなかに入ってくる瞬間だった。

　最後にスターさんたちが銀橋に並び、シャンシャンを掲げてお辞儀をしたとき、奇跡が起こった。トップさんの背負っている巨大な大羽根から、羽根が一本、えり子の膝の上に落ちてきたのだ。ひとひらの雪がふんわりと舞い降りるように、花びらが風に乗ってこぼれ落ちるように、祝福のように、恩寵のように、まっすぐにえり子の膝の上めがけて落ちてきた。えり子はゆりちゃんに気付かれないうちにその羽根を掌に握りしめ、そっとポケットに入れた。

一回の観劇でヅカ落ちしたえり子は、それからゆりちゃんと足繁く宝塚を観に通うようになったが、もうあんな最前列に座る機会は二度と訪れなかった。

「私、宝塚受けてみようと思うの」

中学三年になると、ゆりちゃんはえり子に告白した。それは予想していたことだったので驚かなかったが、

「えりちゃんも一緒に受けてみない？」

と言われたとき、あの羽根が銀橋から落ちてきた瞬間のことを、ああそういうことだったのか、という確信に打たれて思い出していた。あの羽根は預言でもあり、道標でもあったのかもしれないと。もちろん咄嗟に、

「私なんか受かるわけないじゃん」

と口に出していたが、内心では、あちら側の人になるチャンスは誰にでも平等にあるのだということを、門は万人に開かれているのだということを、はっと気づかせてくれたゆりちゃんに感謝していたのだ。

「背高いし、きれいな顔立ちしてるし、えりちゃんは男役に向いてるかもってママも言ってたよ」

「習い事何もしてないし。バレエとか声楽とかやってないとダメなんでしょ？」

「私のかよってる受験スクールに一緒に行こうよ。一年あれば何とかなるわ。それに音楽学校は全部で四回受けられるから。とりあえず一回受けてみて、何次まで行けるか試してみない？　べつに試すだけならいいでしょう？」

「そうだね、試すだけならね……もし親が許してくれたらだけど。青春の思い出作りにはいいかもね」

　母の説得は問題なく思われたが、父が何と言うかは読めなかった。えり子の父は大学で英文学を教えている人だが、少し変わった人で、喜怒哀楽を表に出したところを一度も見たことがなく、叱られたり褒められたりしたことも一度もない。一人娘のえり子に対して敬語を使うのは、母によれば「照れ隠し」なのだそうだが、えり子には何か他人行儀な気がして馴染めず、互いに敬語を使って会話する親子は周りから奇異な目で見られていた。

「宝塚を受験したいのですが」

「宝塚？　……歌ったり踊ったりするんですか？　えり子はお芝居が好きだから演劇の道に進むのかと、父は思っていました」

「同じですよ、芸事という意味では」

「ふむ、芸事ですか。父は宝塚をよく知りません。ちょっと調べてみましょう」

　さてあらゆる手段を使って父は宝塚歌劇団と音楽学校について調べ上げ、ある日、えり子に観劇を誘った。雪組公演を観て、感想を何も言わぬまま、その帰り道、銀座の鰻屋に連れて行ってくれた。普段から子供に必要以上の贅沢をさせず、清貧の思想を尊ぶ武士のようなところのある父が、誕生日でもないのに銀座の鰻屋に連れて行ってくれるのはかなり異例のことである。ははあ、好物の鰻を食べさせるなんて、これは諦めさせる気だな、とえり子は思った。もともと無口な父だが、その日はとりわけ口が重たく、えり子はうな重の味もわからぬほど緊張して黙々と箸を運んだ。

「完璧なエンターテインメントの裏側には、壮絶な努力があります」

とようやく父がぽつりと呟いたのは、うな重も肝吸いも平らげて、お茶のお代わりを飲んでいるときだった。おーっと、いきなりそういう一般論から入って説得にかかろうとしているのか。えり子はお茶のお代わりを飲み干して気迫を込めた。

「壮絶な努力をする覚悟なら、できています」

「文学座でも劇団四季でもなく、なぜ宝塚なんですか？」

「私は……私は……男役になりたいのです。男役ができるのは、宝塚しかないからです」

「調べましたが、宝塚はとても特殊な世界です。規律や上下関係が厳しく、同じ年頃の女の子たちが遊んでいる時間にお稽古に明け暮れ、努力しても報われるとは限りません。おそらく理不尽なことばかりでしょう。日本全国から選りすぐりのお嬢様ばかりが集まっている女の園で、ひたすら芸の道を追究して、人気が出なければ退団を勧告される。一度あんなライトを浴びてしまったら、たとえわずかの期間しかいられなくても、普通の人生はもう送れないと父は思います」

「私は……普通の人が歩めない人生を送ってみたいんです」

こう言ったとき、父は湯呑越しに少し微笑んだように見えた。それもとても寂しそうに。

「大切に育てた一人娘に、男装の麗人になりたい、普通の人が歩めない人生を送ってみたいと言われる日が来ようとは……子育てとは、何と果てのない修行のようなものでしょうか」

「そんなふうに思うのはいけないことなんですか？　普通に大学に行って就職して結婚して子供を産む人生が、それほど大事なものなんですか？」

「どうせするならちゃんと報われる努力をしてみてはどうかと言っているんです」

「報われることが保証されている努力なんて、この世の中にあるんですか？」

「いろいろあるでしょう。たとえば国家試験とかなら、勉強すればするほど報われます。スポーツでもいい。スポーツならはっきりと数字が出る。でも芸能の世界は、特に宝塚のような世界は、人気という不安定なものに一生を左右されてしまうんですよ。どんなにがんばっても人気が出なくて役がつかなかったら、父は……あなたが不憫になります」

「やりたい夢を諦めて、やりたくもない仕事を選んで堅実に生きていくほうがよっぽど不憫じゃないですか？　それに、一生だなんて大げさです。せいぜい十年くらいしかいられない方がほとんどです。そんなのただの青春ですよ」

「あなたはまだ若いからわからないかもしれませんが、父にはわかります。青春とは人生そのものです。とてもかけがえのないものなんですよ」

「私の青春は、私のものです。私だけのものです。どうか奪わないでください！」

えり子は瞳に涙を溜めて、父をじっと見つめた。やがて頬に涙がこぼれ落ちると、父はうろたえて、おしぼりで眼鏡を拭いた。さらにお茶のお代わりを注ごうとしたが、もうやかんにお茶は残っていなかった。

「母さんは賛成してくれたのに、父さんに反対されるのは、とても、とても悲しいです……」

えり子は声を上げて本格的に泣きはじめた。父はまるでその涙で胸を溶かされているような痛みを覚えて立ち上がり、なすすべもなくうろうろとテーブルのまわりを歩き回り、ついには顔を真っ赤にして、

「反対はしていません。父も母も、応援します」

と叫んだ。

「えっ……いいんですか？」

「人生は短い。やりたいことは、やったらいい。何事も人生経験です。でも、どんなに努力してもかなわないことがあるということも、覚えておいてください」

「はい……ありがとう、父さん」

このようにして家族の協力も取り付けたえり子は早速ゆりちゃんの通っている受験ス

クールに見学に行ったが、独特の雰囲気に呑まれてしまい、わあ、ここに私の居場所はないわ、とすぐに出て行ってしまった。そして受験スクールとはまったく関係のない、母の知人の、個人でひっそりと経営している先生のバレエ教室にかよいはじめた。青春の思い出作りと呼ぶにはあまりにも熱烈な思いにまで膨れ上がるのに、たいして時間はかからなかった。最初の受験に失敗すると、やっぱりどうしても入りたいという気持ちがもっと強くなった。あのときの羽根は、えり子が宝塚音楽学校の受験に三度目で合格するまで、そして晴れて音楽学校に入学し、宝塚歌劇団に入団してタカラジェンヌ人生を送るうえで、肌身離さず持ち歩く大切なお守りとなった。

　ゆりちゃんは二度目の受験に失敗したとき、あっさりとタカラジェンヌになる夢を諦めた。

「えっ、来年も受けるの？　二度も落とされて、心が折れないの？　根性あるね、えりちゃん」

「ゆりちゃんは諦めきれるの？　あんなに入りたがってたのに」

「私は本番に弱すぎて駄目……試験官の先生方の前に出ると萎縮して歌えなくなっちゃうし、踊れなくなっちゃうの。それにね、やっぱりあの最前列のチケットが当たったときに、たぶん一生分の運を使い果たしちゃったんだと思う……もう私にはヅカの狭すぎる門を突破する強運なんて残ってないんだよ」

「そんなこと言わないで。一人じゃ心細いよ。ゆりちゃんも一緒に挑戦しようよ」

「何言ってるの？　自分の夢は自分一人の力で追いかけるしかないんだよ」

「それはそうだけど……」

「大丈夫、えりちゃんは前回も最終まで行ってるし、今度こそきっと受かると思うよ。えりちゃんは、強いもん。えりちゃんには、オーラがあるもん。眼ヂカラあるし、心臓に毛が生えてるし、肩幅も器も大きいもん。三度目の受験で合格してトップにまで登りつめた人って、意外と多いのよ。もしえりちゃんが合格したら、私、第一号のファンになるね。だから私の分まで頑張って！」

　と言って、ゆりちゃんは自分の夢をえり子に託した。思えばあの羽根は隣のゆりちゃんの膝の上に落ちてもよかったのに、なぜ自分の膝の上に落ちたのかと、えり子は時々考えることがある。そして最前列に座らせてくれた友にあの羽根を差し出すべきだったのではないかと。掌に握りしめてあの羽根を自分のものにした瞬間、えり子は学校のシスターたちが説くような穏やかな聖人聖母への道を失い、宝塚という苛酷な競争社会で生きてゆくのに不可欠な、己の中の荒ぶる魂に気づかされてしまったのかもしれない。

　えり子はカトリック系女子校の中等部三年から高等部二年の在学中、毎朝欠かさず校庭に建つマリア像に向かって同じ祈りを唱え続けた。

「マリア様、世界の平和ではなく、自分のために祈る小さな私をお許しください。どうか宝塚音楽学校に合格できますように。どうかタカラジェンヌになれますように。この願いを叶えてくださるなら、私はどんな不条理にも耐えてみせます。あの舞台に立つ数年間を与えてくださるなら、その後の人生がどんなに不幸でもかまいません。私の一生分の運を、どうかこのために使わせてください。その他のことは一切何も望みません。どうか――どうかマリア様――」

毎朝のことだった。

その必死で切実な熱い祈りを、マリア像は三年間聞き続けた。涙を浮かべていたこともあったが、その輝く瞳は一度も濁らず、胸ポケットにはあの羽根とともに燃えるような情熱が入っていた。それはまるで一途でひたむきな恋のようだった。

マリア様にだけではない。えり子はこの世の森羅万象に、宇宙の万物に祈りを捧げた。夜空を見上げては星に祈り、冬になれば降る雪に祈り、桜の季節には散る花に祈り、四季折々の満ちる月に祈り続けた。

これからお話しするのは彼女の（彼女たちの）、叶えられた祈りの、その先にひろがる物語である。

# 2

夜、宝塚大橋をぶつぶつと独り言を喋りながら歩いている大女がいたら、それはかなりの確率でセリフを覚えている最中のジェンヌさんである。

「ジェリコ……ジェリコ……ジェリコーッ！」

声をかけても没頭しているのか、なかなか気づいてくれない。

「おーい、ジェリコ！」

「あ、レオンさん……」

橋の上でレオンが追いつくと、ジェリコの顔が嬉しそうにぱっと破顔した。何しろえり子にジェリコという愛称をつけてくれたのは他ならぬこの花瀬《はなせ》レオであり、音楽学校時代から予科・本科の間柄で、お掃除場所の分担さんでもあったレオンは、えり子にとって特別な上級生だった。

「お疲れ様です。今お帰りですか？　ずいぶん遅いんですね」

「うん、実はプロデューサーに呼ばれちゃってね……」

ジェリコがその言葉にびくんと反応して、不安げにレオンの顔を覗き込んでくる。レオンは大きなため息を一つついて、声を潜めた。

「あのな、まだオフレコやねんけど……私、宙組に行くことになったから、よろしくな」

「えっ……組替え……ですか？」

「宙組にはもう同期が一人もおらへんし、ジェリコだけが頼りだよ」

「ということはつまり……落下傘ということですか？」

レオンは神妙に頷いた。花瀬レオは研究科十四年の花組男役で、ここ二年は二番手羽根を背負っており、当然花組の次期トップと目されていた。宙組の現トップはすでに退団を発表していて、宙組の二番手が次期トップになるものと思われていたが、劇団は時々、別の組からいきなりトップを異動させる人事をおこなうことがあり、これを落下傘という。組に馴染むのに最低二年はかかると言われるから組替えだけでも大変なのに、まったく知らない組でいきなりトップになることの精神的重圧は計り知れない。たとえ一作でも現トップのもとで二番手として在籍していればまだ本人にとっても組子たちにとっても心の準備ができるというものだが、落下傘はきつい。いつも明るいレオンの顔が重く沈んでいるのは無理からぬことなのだ。

「おめでとうございます！」

「ああ嫌や……なんで花男の私が宙組に行かなあかんねん……月組から組替えしてせっかく花組に馴染んできたとこやったのに……こう見えて私、人一倍人見知りなんや……落下傘なんて一番ありえんトップ就任スタイルやんか……今度こそもう宝塚やめたろか、ほんまに……」

「でも、受けてしまったんでしょう、その話？」

「組替えは断れないからね。受ける以外にジェンヌ人生続ける道はないんやから、仕方ないやんか……あ、私、もう吐きそうや……ちょっとごめん」

橋のたもとで吐きながら涙を浮かべているレオンの背中を撫でさすりながら、

「大丈夫ですよ、レオンさん」

とジェリコは励ますようにからりと言った。

「宙組は組替えには慣れてますから。どの組から誰が来ようとウエルカム、落下傘上等の組ですから」

「そうかなあ」

「そうですよ。だからご心配なく。同期の方がいらっしゃらなくてさぞご不安だと思いますが、レオンさんにはこの私がついております。不肖この鷹城《たかじょう》あきらがレオンさんをお支えいたします」

「そう言ってくれるのは嬉しいんやけど、イッセイさんの気持ちを思うとなあ……」

イッセイさんというのは宙組の現二番手で、次期トップと目されていたのに、レオンの落下傘によってその地位が奪われることになってしまった壱星翔《いっせいしょう》のことである。しかもイッセイさんは初舞台以来宙組一筋という生え抜きで、レオンより一つ上級生だった。他組の下級生に落下傘で抜かされるというのはどれほど屈辱的な気持ちがするのだろう。

「イッセイさんはできたお方です。レオンさんの舞台もよくご覧になっていて、いつもそのたらしのテクニックを褒めていらっしゃいます。きっと最強の二番手さんとして、レオンさんを支えてくださいますよ」

「ほんまに？」

「はい！　イッセイさんだけじゃありません。宙組生全員が心ひとつになって、レオンさんについて行きますから。トップ内定、本当におめでとうございます！　花でも月でも雪でも星でもなく、うちの組でトップになってくださって、本当にありがとうございます！」

このジェリコに眩しいばかりの笑顔でそう言われると、何となく安心するような気持ちになってくるのが不思議なところだった。下級生時代、ともに月組でジェンヌとしての経歴をスタートさせた二人には根っからの芝居好きという共通点があり、ともに組替え経験者でもあることから、ハードスケジュールを縫って互いの舞台はよく観ており、時間のあるときには一緒に食事に行くこともあった。レオンはジェリコの芝居が好きで、絶大な信頼を置いていた。レオンにとって最も尊敬できる下級生だった。宙組に組替えと聞かされたとき、真っ先に思い浮かんだのはジェリコの顔だった。宙組には鷹城あきらがいる。だからきっと、やっていけるだろうと。

「ありがとう。あんたにそう言ってもらえるとほんまに安心する」

「それより、相手役さんはどなたになるんですか？　まさかトップ娘役まで落下傘じゃないでしょうね？」

「それがそのまさかや」

「ええっ、娘一まで！」

「まだオフレコやねんけどな……星組の早《さ》桃《もも》水《みず》香《か》を組替えさせて嫁にするんやて」

「みずかちゃんですか⁉　あの、星の秘蔵っ子の、みずかちゃんですよね？」

「びっくりしたわー。ていうか私、まだ一度も会ってお話ししたことないし。星組は舞台もあんまり観に行ってないから、噂だけは聞いててんけど、どんなに凄いのかわからへんし。あんた、みずかちゃんの舞台、観たことある？」

「ええ、一度。研二で新公主演やったときのやつ観ましたよ」

「で、どうやったん？」

「いやー、凄かったですよ。何というかいろんな意味でもうそれは」

「どんなふうに凄かったん？」

「いやー、もうやばいやばい！　一緒に観に行った男役たちみんな、可愛すぎて萌え死んでましたから」

「マジで？　そんなに凄いんや……」

　それを聞いただけで、涙とゲロを拭いてレオンを立ち上がらせるには充分だった。星組の早桃水香はまだ研四の若手だが、研二で早くも新人公演ヒロインを務め、本公演でも上級生の路線娘役たちを差し置いて重要な役に抜擢されるなど、早くも頭角をあらわしていた。実家は桃農園をいくつも持つ豪農で、山梨の桃源郷のようなところでのびのびと育った超天然のお嬢様だという噂はレオンも聞いたことがあった。実力と可憐さを兼ね備えた星のプリンセスとして売り出すのかと思われたが、他組の娘一候補としても何度もファンの間で名前が挙げられる存在でもあった。つまりそう遠くない時期にいつかトップ娘役になるだろうが、それがどの組で、相手役が誰なのかについても、ファンの妄想をたくましく掻き立てずにはおかない今や旬の娘役だったのだ。

「よく星組が手放しましたね。もちろん宙組の誰かとトレードですよね？」

「これもまだオフレコやねんけど、さくらとショーコちゃん二人とな」

「げっ……マジですかそれは……うちの超路線二人分の価値があるってことですか、みずかちゃんは」

「二人とも宙組の宝のような娘役さんなのにねえ」

「レオンさん、これはえらいことですよ。花瀬レオと早桃水香がうちのトップになるんですよ。花組きっての伊達男と、星組きってのプリンセスが、天の采配でこの宙組で出会ってコンビを組むんですよ。これ以上の話題性がありますか！　まさに落下傘上等ですよ！　バンザーイ！　バンザーイ！」

上級生へのヨイショはジェンヌの嗜《たしな》みだが、ジェリコがヨイショではなく心から喜んでくれていることがレオンにはわかった。主演男役・主演娘役ともに他組からの落下傘で、しかもその学年差十年にくわえ、ともに初めましてからのコンビ結成というばらの道から花瀬レオの宙組トップ生活はスタートしたが、その陰にはつねにこの下級生の存在があったのである。

鷹城あきら・愛称ジェリコ。

えり子がジェリコになったのは、音楽学校に入ってすぐのことだった。音楽学校では伝統的にお掃除も重要な教育項目として組み込まれ、綿棒やガムテープまで使って塵ひとつないようにピカピカに磨き上げることは有名な話である。予科生と本科生が組んで同じ場所を二年間掃除するのだが、それぞれは「分担さん」と呼ばれて、お掃除のみならず、学校生活を全般的に指導されることになる。誰が誰を分担するかは合格発表後のガイダンスから入学式までのあいだに本科生が決めることになっており、人気のある子は取りあいになることもある。入学式のときに新入生の胸に校章のバッジをつけてくれるのは、それぞれの分担さんなのである。バッジの裏には「がんばりや〜」と緩い関西弁が書かれていた。

「なぜ私を分担さんに選んでくださったんですか？」

とえり子がレオンに訊くと、

「誰も選ばなかったから、仕方なく私が選んであげたんや」

と言われてしまった。

「予科生のくせに妙に貫禄あるし、それに、なんかちょっと面白そうやったから」

「あ……ありがとうございます……」

音楽学校では二次、三次試験の会場で、本科生が受験生の面倒を見るという伝統もある。えり子は三度目の受験のとき、レオンがお菓子をくれて励ましてくれたことを強烈に覚えていた。えり子の家庭ではなるべく添加物を摂らせないようおやつは母の手作りのものしか与えられておらず、学校帰りの買い食いも禁止されていたから、それは彼女が初めて食べるたけのこの里だった。

「私はきのこの山派なんやけどね。あなたはどっち派？」

と、すでに男役として出来上がっているようなきれいでかっこいい先輩に微笑みかけられ、えり子は緊張が一気に吹き飛んだ。人様からいただいたものは（たとえ添加物にまみれているものでも）有り難く感謝して残さずに食べるようにという躾も徹底されていたので、えり子はその場でたけのこの里をおいしそうに平らげた。

「世の中にはこんなおいしいお菓子があるんですね。とってもおいしかったです。ごちそう様でした」

「あっ、お腹空いてたの？ アメちゃんもあるよ。どうぞ召し上がれ」

レオンの鞄からは、ポッキーも、ビスコも、コアラのマーチも、魔法のように次から次へと出てきた。まるで手品のようだった。それがどんなにえり子の緊張を解きほぐしてくれたかわからない。その弾ける笑顔とリーゼントに見とれて、その優しさと明るさと愛嬌にどれほど救われたかわからない。

「あれのおかげで、私は合格できたのかもしれません。本当に感謝しています」

「まさかその場でたけのこの里全部平らげる受験生も珍しいけどね。すごい、この子、大物やって、みんな感心してたよ」

「分担さんになれて、とっても嬉しいです」

「でもあなた、えり子って感じとちゃうなあ……そうや、ジェリコってどう？　うん、ピッタリや、あなたは今日からジェリコに決まりや！」

「それって……有名な合唱曲の『ジェリコの戦い』の、あのジェリコでしょうか？」

「そうや。ヘブライ語のエリコは、英語ではジェリコや。街の名前やねんけどな。ええやろ？　気に入った？」

「は、はい、有り難く……」

「ほなジェリコ、ちょっと一芸してみ？」

「は、はあ……？」

「お掃除時間に分担の本科生を楽しませるのが予科生の務めや」

「えええ……？」

「たとえばこれくらいできないとね」

　レオンは先生の物真似をして見せ、ジェリコを爆笑させて、他の本科生からひどく怒られてしまった。予科生は決して本科生の前で笑ってはいけないという不文律がある。

それなのにレオンは掃除のときのみならず、月曜朝礼のときも面白いことをして予科生たちを笑わせることに余念がなかった。この人が他の本科生たちとは全然違う個性の持ち主であり、飛びぬけてユニークな人なのだということを、ジェリコはじわじわと知っていくことになった。そして、とんでもない人に選ばれてしまった、こんな人に見込まれた自分はもしかしたらとんでもない強運の持ち主なのではないかと、じわじわと喜びを噛みしめることになった。音楽学校生のレベルは高く、授業についていくのに必死で、つらいことも泣きたくなることもあったが、毎日お掃除のときにやってくれるレオンさんの顔真似芸を思い出すと自然に涙が止まり笑いがこみ上げて、明日も頑張ろうと思えるのだった。

予科生時代は、本科生に怒られないよう、ひたすら目立たぬように過ごした。それでも予科時代に身長はさらに三センチ伸びて長身が際立つ一方だったし、それまで封印されていた添加物まみれの甘いお菓子が誰憚ることなくいつでも食べ放題となった嬉しさでひたすらよく食べるようになり、すみれ寮では朝食を食べながら寝ていることもよくあって、

「さすがレオンの分担さんだけあるわ。この子は大物になるで」

と寮母さんにまで言われる始末だった。

本科生になるとレオンさんがいなくなって寂しさを感じたものの、ようやくのびのびとレッスンに集中できるようになり、一番成績のいい演劇の他にも、ダンスがめきめき

と上達していった。入学時三十番台だった成績は卒業時十二番まで上がっており、文化祭でもよい役がついて、東京から観に来た両親は娘がすっかり一人前のタカラジェンヌになっていることに驚愕し、これなら何とかやっていけるのではないかと胸を撫で下ろした。

音楽学校を卒業し、初舞台公演を経て月組に配属されると、ジェリコとレオンの絆はいっそう深まった。何事にも全力で取り組む精神を叩き込まれたタカラジェンヌたちは、余興といえども手を抜かない。大劇場公演中に行われる「月組大宴会」では必ず下級生が余興をしなければならないが、そのコンビを組もうとレオンが手ぐすね引いてジェリコを待っていたのである。下級生たちは新人公演が終わると余興の稽古に血道をあげ、いわば第二の新人公演と言われていた。

「余興は先生方や上級生の皆様が新たな才能を見つけようと目を光らせてるオーディションの場や。大宴会のある日は一日三回公演のつもりで、命がけで余興せなあかん。月組の上級生はほんまに厳しいよ。少しでもつまらん余興したら、容赦なく座布団が飛んでくるんや。それはもうコントみたいに座布団が飛んでくるからね」

研二にしてすでに「花瀬チャラオ」と異名を取っていたレオンが台本を書き、女装して「チャラ子とジェリ子の漫才コンビ」を結成した二人は、演出家や振付家の先生方やトップさんまでもおちょくる漫才を果敢に演じて喝采やら座布団の雨あられを受けまくった。トップさんや二番手さんの半径数メートル以内には入れない領域で生きている最下級生が余興を演じる機会を与えられることにジェリコは感激した。ただでさえジェリコは、初舞台のラインダンスでも顔芸で踊るダンサーならぬガンサーとして注目を集めていたし、その他大勢の群衆芝居の最後列に駆り出されて戦闘シーンを演じても、「稽古場から凄い死に方をする熱い人」とすぐに認識してもらえていた。配属当初からやけに貫禄あるすごい研一さんが入ってきたと評判で、

「あんた研二十五？　貫禄あるなあ」

と組長さんに言われるほどだったので、どんなに座布団の雨が降ってもめげずに余興に挑戦する姿勢によって上級生からもすぐに名前を覚えてもらえた。ジェリコは上級生たちの構成もすばらしく作り込まれた余興に感銘を受け、やがて漫才では飽き足らなくなって、自ら脚本を書いてミニ芝居を上演するようになった。

「あんた、おもろいな。芝居のセンスあるわ。けど宴会芸だけやなくて、男役芸もしっかり磨きなはれや」

　ある日の大宴会で余興を終えてトイレに立った時、演出家と並んで貴賓席に座っていた専科さんからすれ違いざまにぼそっと言われて、ジェリコははっとした。そのお方こそジェリコの初恋の人であるアモーレさんだった。

　最下級生には稽古場で小道具を用意したり、上級生の方々の自主稽古のさいに音出し

をしたりする大事なお仕事がある。いわば雑用係だが、ジェリコはそういうことをさせてもらえるのが楽しくて仕方なかった。脚本を読み込んで演出家の意図を探り、どのような種類の小道具を用意すれば上級生の方々がやりやすいか、どのタイミングで音を出せば気持ちよく歌っていただけるか、全神経を張り巡らせて演者に寄り添うことは、何より芝居の勉強になったのである。時にはトップさんから、

「欲しい物があるべき位置にちゃんとある。あなた、芝居が好きなんだね」

と、お褒めの言葉をいただくこともあった。月組の上級生は男役も娘役もプロ意識の高い職人ジェンヌが多かった。手取り足取り教えてくれるわけではなく、背中を見て覚えろというタイプが多かったが、それはジェリコの性に合っていた。

　下級生は役名のある通し役を与えられることはなく、「通行人の男」とか「酒場の男」とか「市民A」とか「貴族1」とかいった大勢口で何役も使われることが多い。一つの芝居のなかでこんなにもたくさんのお役をさせていただけることが、ジェリコには嬉しかった。たとえ一つもセリフがなくても、ライトが当たらなくても、ただ舞台に立っているだけで幸せだった。戦争のシーンで撃たれて死ぬ兵士の役が来たときには、銃創を徹底的に作り込み、袖にはけるときスタッフさんに小道具の人形と間違われて運ばれそうになったこともある。

　ジェリコにとって意外だったのは、研二の新人公演ですでに路線系男役さんの役がついてしまったことだった。セリフもたくさんある大きめの役で、抜擢と言っても過言で

はないのだが、同期が祝福してくれてもジェリコはあまり喜ぶ気分にはなれなかった。

「やばい、どうしよう……劇団は私を路線と見なしてるのかな？」

同期に漏らすと、呆れたように
「はああ？　ジェリコってバカなの？　みんな路線になりたくて必死にがんばってるんじゃない」

と言われてしまった。

それはそうだろう。自分だってショーではかっこいいダンスを踊りたい。大勢口ではなく、レオンさんのように少人数口のシーンに入ってあんなふうにキザりたい。何より大階段の燕尾に入りたい。でも芝居では、いかにもな二枚目を演じるのは何だか恥ずかしいのだ。

「自分のことがわかんないや。私って路線系に見えるのかな」

「まあその身長と頭身バランスと甘いマスクだからね。誰が見ても普通に王子様キャラなんじゃないの」

「それは心外だなあ」

「ほんとにジェリコって変わってるよね。欲がなさすぎるのもどうかと思うよ」

いや、欲がないわけではない。その公演には専科からアモーレさんも特別出演されるのだ。ジェリコはアモーレさんの役をしてみたかった。稽古場の下級生ゾーンからいつもアモーレさんのお芝居を食い入るように見つめていた。芝居巧者のひしめく月組上級生たちと比べても、やはり何かひとつ格が違う感じがした。アモーレさんのお芝居は、ただ立っているだけでその人の哀しみが滴《したた》ってくるようだった。一言セリフを言うだけで真に迫り、その国のその時代を生きている生の人間が剝き出しになった。静まり返る稽古場でジェリコは感動のあまり派手な嗚咽を漏らしてしまい、

「おいそこの研二十五、稽古の邪魔や。泣くなら外で泣きなさい」

と演出家の先生に怒られるほどだった。

新人公演の稽古では、これまでの人生を全否定されるかのようなダメ出しの洗礼を受けた。男役としてただ歩くだけでも変だと言われ、ここではただ芝居を追求するだけでは駄目で、男役という特殊な芸のスキルを磨かなければならないのだと思い知らされた。やってもやってもできなくて、自分の思い描く理想像と自分ができる現実とのギャップに打ちのめされ、タオルを被って稽古場の隅で静かに泣いていると、レオンさんがいつのまにかそっと側にいてくれて、無言でお菓子を置いていってくれた。レオンさんはジェリコ以上の大抜擢を受けており、さらに激しいダメ出しに晒されているのに、そんなふうに気にかけてくれているのが有り難かった。

そのときの本役さんはストイックな役作りで知られる方で、自主稽古中に質問したくてもうっかり声もかけられない雰囲気があり、ジェリコは遠慮してほとんど口もきくことができなかった。

「もっと本役さんに食い付いていかないと。遠慮してる場合か」

とレオンさんに言われて、自分なんかが話しかけたら集中のお邪魔になるのではないかと思ったが、とりあえずひたすら本役さんを見つめることからはじめ、稽古場ではコバンザメのようにぴったりとくっついてまわり、

「あなた何？　用がないならいなくていいよ」

と言われてしまった。それからジェリコは必死に用事を考え、毎日十個は必ず質問を考えていった。いざ質問してみると本役さんは快く何でも教えてくれた。

　初めて燕尾に入れたのは研三のときである。嬉しくて嬉しくて、振付の段階でニヤニヤしてしまい、振付家のカマちゃんこと鴨沢先生から、

「そこの研二十五、何笑ってんのよ！　燕尾を何だと思ってるの！　ふざけんじゃないわよ！」

と怒られてしまい、ダンスリーダーの上級生が飛んできて別室へ連れていかれ、黒燕尾を踊るときの心構えを諭された。

「初燕尾で嬉しいのはわかるけど、絶対に笑うな！　口角を上げるな！　表情筋を引き締めろ！」

「はい、すみません！」

「燕尾のテールがいかに綺麗になびくかも自分の姿勢にかかってる。姿勢ひとつで燕尾のすべてを操ることができる。面のスクエアは絶対に動かさない！　後頭部に第三の目を持って、呼吸をあわせろ。上級生の姿勢をよく見て、あの域に達するためには、毎日

毎晩鏡の前で何千回も闇練するしかないよ」

「はい、わかりましたっ！」

「魂が男役をめっちゃ愛してないと、黒燕尾は踊れないんだよ。上っ面で踊れるものじゃないの。ごまかしがきかないの」

「はいっ！」

本番では出番前にダンスリーダーが髪型や着こなしを念入りにチェックしてくれた。リーゼントには髪の毛一本垂れていてはならず、燕尾服には塵ひとつついていてはならず、靴はピカピカに磨き上げられていなくてはならなかった。男役たちがカゲ段に集まってきて黙々と位置につき、集中して誰も一言も発さずに待機している光景は、それがただのダンスではなく、神聖な儀式であることを物語っていた。

「ふぉっ」

というトップさんの声で黒燕尾の群舞がはじまると、最後列にいたジェリコは鳥肌が立った。踊っているあいだずっと、鳥肌は消えなかった。これを踊りたくて自分は男役になったのだと、こみ上げる喜びを噛みしめながら、泣きそうになりながら、気持ちを引き締めて踊り続けた。自分の細胞のなかに男役がしみこんでくる瞬間だった。

次の本公演、新人公演、バウホールと、与えられる役はどんどん大きくなっていき、路線扱いされていくことにジェリコは戸惑った。男役としての所作は少しずつ身についいてきたが、まるで二枚目の役付きに反発するかのように三枚目を演じたり、指示もないのに髭をつけたり、明らかに二枚目の範疇を超えた過剰な役作りをしてくるジェリコを劇団は持て余していた。ただすっと立っていればいいだけのシーンでも、無駄にサービス精神と芝居心がありすぎて、余計なことをしてしまう。ある日、とうとう演出家のネッチーこと越智《おち》先生に呼ばれた。研五のときだった。

「きみの目指している方向性が見えないんやけど。なぜまっすぐに二枚目路線スターを目指さへんのや？　せっかく劇団がかけてくれた梯子をなぜ自分から外そうとする？」

「私は……おじさんできてなんぼの渋い男役になりたいんです。無精髭の似合う男役になりたいし、おじいちゃんも悪役も演じてみたい。真ん中でキラキラ光るより、脇でギラッと光りたいんです。そんないぶし銀のような男役になりたいんです」

「それだけ恵まれた容姿に生まれて、男役としての華も増してきて、ダンスの実力もあって、このまま努力していけばトップも夢やないのに……変わった子やな。誰もがめざすトップになりたくないんか？」

「私はそんな器ではありませんし……正直言えば、トップさんより専科さんになりたいです」

　ネッチーは意表を突かれたように笑った。

「きみの目標はアモーレさんか」

「はい、永遠の憧れです」

「きみにはおっとりしすぎてるところがある。競争が嫌だから、そんなふうに自己暗示かけてるだけと違うか？」

その頃の月組は有望な若手男役が台頭してきた戦国時代と言われていた。ジェリコの一期上にはその筆頭であり新公主演の常連となっていた花瀬レオ、一期下にはすでに新公主演も果たしているナッツこと永遠《とわ》ひかる。一年前に如月すみれが月組トップを卒業して上級生たちがごっそり退団してから組内の急速な若返りが促進され、演出家たちがどんどん若手を起用するようになって、このような戦国時代が生まれたのである。

「いいえ、入団したときからそう思っていました。スターになるより、役者になりたいと。トップというのはレオンさんやナッツのような人がめざすべきもので、自分の本分はしっかりとその脇を固めることだと思っています」

「ほんまにそうか？　去年のバウ代役で何か感じるものがあったんと違うか？」

研四のバウホール公演で、ジェリコは演技力を買われて二番手さんの代役がまわってきたことがあった。それはネッチーの記念すべき演出家デビュー作だった。アンダースタディはあくまで本役さんが休演したときのためのもので、本来はお客様の前で陽の目を見る機会はない。ジェンヌは基本的に丈夫だし、ファンのために多少の怪我なら無理をしてでも出てしまうから、よほどのことがない限り休演はしない。代役のための通し稽古も一回だけしか行われない。それは主役に敵対するいわゆる黒い役で、セリフの量も膨大であり、心理描写も非常に複雑な難役だったが、痺れるようないい役だった。人物造形に深い陰影があって、やりようによっては主役よりも目立つ美味しい役だった。一本の芝居のなかで、その役として生きるという体験をジェリコは初めてしたのである。それはその他大勢の名前もない小さな役を掛け持ちでやるのとはまったく違う、役に魂を吹き込むことのできる、やりがいのある素晴らしい体験だった。ああ、この役を自分の役として舞台で演じることができたら、と心の底からジェリコは思った。この役を一回でもやらせてもらえるなら死んでもいい、とふるえるようにジェリコは思い詰めた。

その願いがマリア様に届いたかどうかはわからない。真冬で、インフルエンザが猛威をふるっていたときだった。本役さんがまさかのインフルエンザに倒れて公演三日目の朝に急遽休演が決まり、代役にチャンスがまわってきた。ああ芝居の神様っているんだ。宝塚に入れたとき一生分の運を使い果たしたと思っていたけれど、私の運はまだ残っていたんだ。ジェリコはお守りの羽根を握りしめてマリア様に感謝した。まだ大きな役の経験のない研四の下級生がいきなり当日の朝に代役を申し渡されたことで、バウチームの結束は一気に高まった。レオンは別箱の全国ツアー組で、その公演には出ていなかった。

「セリフが抜けたらみんなでフォローするから、思いきってやりなさい」

と上級生たちは言ってくれたが、ジェリコにはセリフも歌も完璧に入っていた。たとえ出番がないとわかっていても、心から惚れ込んでいた役だったから、擦り切れるほど台本を読み込み、すべての登場人物のセリフもそらでプロンプできるほどだったのだ。

ジェリコは緊張すらしなかった。研四とは思えない度胸と集中力で舞台を務め、緻密な役作りを見せつけて、主演の上級生と互角に渡り合い、キャスト・スタッフ全員を驚かせた。

「よくやった、ジェリコ、完璧や！　ありがとう！　ありがとう！」

幕が下りたあとで、ネッチーが袖から駆け寄ってきて握手を求めてきた。上級生も、同期も、下級生も、全員が幕内で拍手を送ってくれた。

「本役よりよかったよ」

と主演さんがこっそり耳打ちしてウインクしてくれたときは、張りつめていた気持ちの糸が切れて、その場に崩れ落ちそうになった。

「さあジェリコ、カーテンコールや、行ってこい！　今日の喝采をいつまでも忘れるなよ！」

とネッチーが背中を押して舞台へ送り出してくれた。客席からの拍手は主演よりもジェリコへのものが一番大きかった。カーテンコールは五回続き、主演の計らいにより六回目でジェリコひとりだけが舞台の上に残ることが許された。ジェリコは固辞したが、座長を務める最上級生が行け行けと促してくれた。完全なピラミッドのもと公演が行われる宝塚では主演以外にこのような栄誉が与えられることはなく、若手を育てるバウホール公演であるとしても、極めて異例のことだった。観客は総立ちになり、大道具さんはジェリコのためだけに紙吹雪を降らせてくれた。千秋楽でもないのに紙吹雪の特別サービスをしてくれることも異例のことだ。汗と涙に濡れた顔に紙の雪が張り付いて、強いライトの中で白い雪が幻のように舞っていて、舞台に降る雪が一番美しいとジェリコは思った。翌日、意地と根性を見せて本役さんが復帰したので、それは一回きりの奇跡のような出来事だった。

「確かにあれは一生忘れられない経験でした。もうこれで退団してもいいかなって思えるくらい幸せなことでした」

「路線にならないと、ああいう大きな役はまわってこないよ」

「あれは一回きりだからよかったんですよ、先生。あんなことを毎日続けなくちゃならなかったら、とてももちません。あの恍惚が日常になってしまったら、おそろしいことだと思います。あんなことを毎日当たり前のようにされているトップさんや二番手さんの偉大さがよくわかりました。ゼロ番センターに立つ宿命にある方を脇で支えることこそが、私の宿命だと思っています」

　ネッチーはそれ以上何も言わなかった。以降は本人の望み通り、演技派若手男役として重要な脇役を与えられるようになっていった。ファンからは「路線落ち」などと嘆かれたが、ジェリコはようやくこれで自分らしいジェンヌ人生を歩みはじめたのである。

　その次の新人公演から、専科さんのお役がつきはじめた。念願だったアモーレさんのお役がまわってきたのは、研六のときだった。ご挨拶に行くと、アモーレさんは包みこむように微笑んでくれた。

「とうとう来たか。あんたが来てくれるのを待っていたよ。私ももういい年やし、いつまで宝塚にいられるかわからへん。間に合ってよかったな」

それだけでジェリコは泣きそうになったが、

「アモーレさん、どうか私を弟子にしてください」

と深々と頭を下げた。

「ヒゲ部へようこそ」

それだけ言うとアモーレさんは彼岸花のような艶やかな笑顔を見せ、「ジェリコの戦い」を歌いながら飄々と去って行った。

## 3

レオンは研究科八年のとき月組から花組へ組替えになり、ジェリコもまた研究科七年で宙組へ組替えになった。

レオンは花組三番手としてであり、ジェリコは宙組若手演技派の強化のための組替えだった。同時に組替えが決まったことで、二人はもうこれで同じ舞台に立つことはないだろうと、さんざん泣き合った。

「宙組さんは長身が多いから、ジェリコにぴったりや」
「レオンさんこそ、そのただならぬ色気はすでに花男じゃないですか」

四百人いるタカラジェンヌのなかで、分担さんはたった二人しかいない。妹のような、姉のような、つねに互いを気にかけ、成長を見届ける存在という意味では、同期の絆ともまた少し違う、特別なものだ。ジェリコはレオンが必ず花組トップになると信じていたし、レオンもジェリコのことは揺るぎない演技派として何も心配していなかった。二人はそれぞれの道を歩き出し、互いの舞台はできるかぎり観あって、刺激と励ましを受け合った。だから、六年後に宙組でまた同じ舞台に立てるとわかって、二人はまた姉妹のように泣き合った。

実はジェリコは、ひそかに退団を考えていた頃だった。男役十年という言葉があり、男役は十年でやっと一人前になれると言われる。そのあたりがやめる潮時かなと思っていたのだが、当時の宙組はジェリコのような重厚な芝居ができてダンサーでもある実力派の中堅男役の層が薄く、劇団から引き留められてなかなかやめるにやめられない状況が続いた。ジェリコ自身、宙組の自由で居心地のいい雰囲気にすっかり馴染んでしまうと、この学年になってからでしか味わえない舞台の充実感を感じることができ、さらに下級生たちからも頼られる存在になってきて、ずるずると退団を引き延ばしていたのである。師匠のアモーレさんに退団のことを相談すると、

「これまでずいぶんたくさんの退団者を見送ってきたけど、みんなその時が来たら頭の

中で鐘が鳴る言うてはったな。無理をせず、人生の流れを感じて生きてたら、ちゃんといい時期に退団が決められて、幸せに卒業できるもんや」

と言われた。

研十三になったとき、母が病気で亡くなった。公演中だったから、最期を看取ることはできなかった。全国ツアーの公演先の鳥取で危篤の報を受け、舞台がはねてから空港へ飛んでいくと六時半の最終の飛行機はもう出たあとだった。仕方なく夜行バスで東京に向かったが、翌朝家に帰り着いたときにはすでに母の息はなかった。

「間に合わなくて、ごめんなさい」

「仕方ないでしょう。それが舞台人というものです。母さんは、悲しんではいませんよ」

と、抜け殻になったような父が言った。

「今日は、公演はないんですか？」

「今日は移動日で休みです。明日、二時から広島で公演があります。朝一の飛行機で行けば何とか間に合います。だから今日だけは、母さんといられます」

「全国ツアーが終わるのは十日後でしたね。それまで本葬は待っておきます。今夜は二人だけでお通夜をしましょう」

「すみません、父さん」

父は気にするなと言うように微笑もうとしたが、ただ顔が歪んだだけだった。最愛の妻の命が消えゆくのをたった一人で夜通し見守っていたか細い背中に、悲哀と虚無と孤独が張り付いていた。医師にもう見込みがないと告げられて自宅療養に切り替えてから父は大学をやめ、自宅でできる翻訳の仕事だけしながら母の面倒を見ていた。イギリス留学中に知り合って熱烈な恋に落ち、ともに親の反対を押し切って駆け落ち同然に結婚したから親戚づきあいもほとんどせず、いつまでも本当に仲の良い両親だった。父はおそらく生涯で女を母ひとりしか知らないのではあるまいか、とジェリコは思っていた。それは母も同じに違いない。そんな伴侶を亡くした男の背中には穴が開いているかのようだった。

「今度の役は、何でしたっけ？」

「悪徳弁護士の役です。ニューヨークに住んでいるユダヤ系アメリカ人の」

「今夜はあなたの好きなポークカツレツを作ろうかと思っていたんですが……そんなものを出したら、異教徒の犬め、と怒られそうですね。じゃあビーフカツレツにしましょうか」

父はジェリコが徹底的に役作りをすること、たとえばユダヤ人を演じているときは豚肉を決して食べないことをよく知っていた。ジェリコは師匠のアモーレさんがされているように、役がつくとなるべくその国のその時代のものを食べるようにしていた。実在の人物なら必ず墓参に行き、図書館にかよってその生涯を調べ尽くした。

「今夜は母さんの好きなすき焼きにしませんか。私が作りますから」

「ああ、それもいいですね」

ユダヤ系アメリカ人がすき焼きを食べるかどうかは知らないが、ニューヨーク在住のスノッブな弁護士ならありうるだろう。それに今夜は母さんの好物を食べて見送りたい、とえり子に戻ったジェリコは思った。えり子が材料を切っているあいだ、父は書斎にこもり、一冊の本を持ってきた。バーナード・マラマッドの短篇集だった。

「ユダヤ系アメリカ人の最重要作家です。大して参考にはならないかもしれませんが、飛行機の中ででも読んでみてください。彼の言葉のなかで父が最も気に入っているのは……人生は喜びに満ちた悲劇である……まさにそうですね」

「ありがとう、読んでみます。さあ、いただきましょう」

　晩餐のＢＧＭに、えり子は母の好きだったシューベルトをかけようとしたが、父は宙組公演のＣＤがいいと言った。両親はえり子が出演した舞台は必ず大劇場と東京公演の両方を観に来てくれたし、ブルーレイもＣＤも買ってくれていた。「歌劇」も「宝塚グラフ」も毎月購読し、タカラヅカ・スカイ・ステージも欠かさず見ていた。

「このショーは母さんのお気に入りでした。これがいい」

　お通夜にはあまりふさわしくない明るすぎるラテンショーを聴きながら、二人は黙々とすき焼きを食べた。父の食は驚くほど細くなっていた。卵を割る気力もないようだった。死にゆく人のそばにいると、自分もまた死に近づいてしまうのだろうかと思うほどだった。これからもこの人は妻を看取ったこの家にたったひとりで暮らすのか。人づきあいの苦手な父にはあまり友だちがいないだろう。家にこもってこつこつとイギリスやアメリカの文学を翻訳し、ひとりで食事を作って食べ、亡き妻に話しかけ、娘の舞台のブルーレイを見て、枯れるように年老いていくのだろう。そのうち食事を作ることも、歯を磨くことも、今日を生きるために起き上がることも、何もかもが面倒になってしまうかもしれない。父のそんな姿がありありと目に浮かんだとき、頭の中で鐘が鳴ったような気がした。

「私、そろそろ宝塚を卒業しようと思います」

そんな言葉が自然に口をついて出た。

「父を哀れに思ってのことなら……」

「実は少し前からやめようと思っていました。もう充分に青春は謳歌しましたから」

「やめて、どうするんですか？」

「何か探しますよ、第二の人生を。ゆりちゃんがはじめたバレエ教室のお手伝いをさせてもらうとか、通信教育で大学にかようとか。スペイン語とか習うのもいいですね。あ、バックパッカーで世界一周も素敵かも。私、これまで宝塚しか知らなかったから、これからゆっくり広い世間を見ようと思います」

「専科になれば定年までいられるんでしょう」

「私なんかじゃ全然無理ですよ。十三年間もいられただけで奇跡です」

「そうですか……今言ったことの中なら、世界一周をおすすめしますよ」

「一緒に行きませんか、父さん」

「そんな金はありません」

「バックパッカーってそんなにお金かからないですよ、たぶん。ユースホステルとかゲストハウスに泊まって、路線バスに乗って、屋台でご飯食べればね」

「タカラジェンヌがそんなことできるもんですか」

「できますよ。タカラジェンヌって適応能力凄いんですから」

父とそんな会話をしてから、三カ月もたっていなかった。次の公演でやめることをプロデューサーに告げに行こうとしていた矢先に、ジェリコは宝塚大橋でレオンに声をかけられたのだった。

「もう宙組に同期は残っていないから、ジェリコだけが頼りだよ」

その言葉を聞くと、どうしても次でやめるとは言えなかった。いくら天下御免の色男キャラである花瀬レオでも、落下傘トップの精神的重圧は想像に難くない。実はこの人が人一倍繊細なハートの持ち主であることを、ジェリコが一番よく知っていた。この人を支えるために私は宙組に来たのではないか。これはもはや運命なのではないか。その日のために神様は私とレオンさんを音楽学校で出会わせ、分担さんにしたのではないのか。

「頼む、ジェリコ。私がやめるまではやめんといてくれ」

宝塚大橋のたもとで嘔吐したあと、レオンはゲロと涙を拭いて立ち上がると急に真顔になってそんなことを言った。ちょうどそのとき阪急電車が鉄橋の上を通過して、ガシャガシャガッシャーン、という闇を切り裂く断絶の轟音があたりいちめんの河原にこだました。頭の中で鳴っているかすかな鐘の音など、木っ端微塵に吹き飛ばしてしまいそうな容赦のない猛々しい音だった。だからレオンの言葉ははっきりとは聞き取れなかったのだけれど、切実な瞳でそう言っているのが唇の動きでわかってしまった。

「やめませんよ。レオンさんを見送るまでは」

電車が通り過ぎるのを待たずに、ジェリコは答えた。レオンがほっとしたように微笑んだので、伝わったのだとわかった。父には悪いが、とてもこの人を放ってはおけない。この人を幸せに卒業させるまで——それが私の任期なのだとジェリコは腹を括《くく》った。

花瀬レオ・愛称レオン。

彼は薔薇をくわえて生まれてきたと言われるほど天性の華と色気を持つ男役スターである。音楽学校時代の成績は下から数えたほうが早かったが、すみれ売りという社会奉仕の募金活動では誰よりも多く募金を集め、ファンクラブができたのも同期の中で一番早かった。初舞台生時代は楽屋ライフを満喫し、研二になるまでは「芸なしコネなし愛想なし、歌詞は(忘れて)自分で作詞する」というごくおっとりとしたジェンヌで、占い師にも

「あんただけは絶対トップになんないよ」

と言われて、

「あっはっは、私もそう思うわ」
と返していたくらいだった。
だが研二のときに憧れの如月すみれが月組トップスターに就任した。早変わりのお手伝いなどをするお付きをさせていただいて間近でその姿を拝見するうちに、やる気スイッチが入った。トップさんとはこれほどストイックに舞台に向き合い、おのれのすべてを捧げて役作りをするものか。あれほど優雅に舞えるのは、裏でこれほど血の滲むような努力があるからなのか。そのことに衝撃を受け、あの人のようになりたいと本気で思った。午前中の劇団レッスンと、午後からの公演お稽古と、夜間に個人レッスンにもかよって、歌とダンスの実力を底上げした。

もともとレオンはリアルイケメンと呼ばれるほど恵まれたスタイルと端正な顔立ちで早くからファンだけはついていた。だがそれだけでは大きな役はもらえない。ルックスと努力にくわえ、生来の華に磨きがかかって、ライバルたちと差をつけていった。「全娘役の恋人・花瀬チャラオ」というキャッチフレーズにあるように、相手役を心から愛し慈しむ包容力にかけてはレオンの右に出る者はいない。ただ娘役の隣に立っているだけでだだ漏れる色気こそが、花瀬レオをトップにまで登り詰めさせたといっても過言ではないのである。

それはやはりパッパさんこと如月すみれの芸風によるところが大きい。入団前のファン時代から心酔していたが、新人公演でパッパさんのお役を三度務めさせていただいたおかげで、この方こそ自分のめざす男役像と思い定め、一心不乱にその芸のすべてを模倣することから男役修業をスタートさせた。レオンの男役としての芸の基本は、すべてパッパさんから盗んだものだ。お化粧、歩き方、リーゼントの作り方、衣装の着こなし方、ソフト帽のかぶり方、語尾を少し掠れさせる歌い方、殺陣のときの腰の入れ方、キスシーンの作り方、普段のお洋服やアクセサリーの選び方、写真を撮られるときのポーズの作り方、相手役を見つめるときの目線に至るまで、あらゆることを。もはや本物の男の域に達していると言われたパッパさんに近づくのは並大抵のことではなかった。研究科十四年になった今でも、まだまだ遠く及ばないと感じている。

　研究科八年で花組に組替えになると、レオンは生まれつきの花男だと言われるほどすぐに馴染むことができた。五組のなかで最もチャラいと言われる花組生のなかにあってもそのチャラ男ぶりは傑出していた。研十で二番手になり、そのときのトップさんが雪組出身で誠実さと温厚さを絵に描いたようないかにも男らしいバラキこと薔薇《ばら》木涼《きりょう》だったことも、余計にレオンの豊饒な色気を際立たせることになった。一番委員で優等生の真っ白な正統派男役バラキと、宝塚の枠を少しずつはみ出していた異端児・如月すみれの血を受け継ぐレオンはよい対比となり、このコンビネーションのおかげで組力は上がって、花組の観客動員数は五組で最も多くなった。花組のショーは香水の香りがすると言われるほど華やかで、男役たちが客席に飛ばすウインクもまた五組のなかで最も多く、下級生の頃から両目でウインクが飛ばせるよう指導され、娘役を大切にする姿勢も徹底的に叩き込まれる。花組では研一さんに至るまで、花男としてのDNAが刷り込まれているのである。

　バラキは逸材で強力なスポンサーがついており、長期政権は確実だった。レオンにももちろん負けないくらいのスポンサーがついていたが、バラキの退団を待っていたらトップ就任が遅れ、ずるずると二番手をさせ続けることになって、男役としての最盛期を逃してしまう。そこで劇団は宙組への落下傘をさせることにしたのだ。

　組替え前の最後の楽屋では、花娘たちが全員泣きながらキスの雨を降らせてレオンを送り出したと言われる。レオンの顔は口紅で真っ赤に染まり、それを見た出待ちのファンの間からは悲鳴にも似た吐息が一斉に上がったという。あのキスマークを拭き取らずに楽屋を出てファンに見せつけるのがレオンさんらしいよね、と花組下級生たちはまたひとつレオンのたらしテクニックを学ぶことになる。

「これは男役の最高の勲章です。みなさま、これまで花男・花瀬レオを愛してくださってありがとうございます！　これからも清く正しくセクシーにをモットーに精進いたします！　どうか宙組に行っても、ますますエロく進化する花瀬レオを愛してください！　立派な宙男になることを、みなさまにお誓いいたします！」

　と声をかけ、花組ポーズをして投げキッスを飛ばしファンを悶絶させると、レオンは颯爽と迎えの車に乗り込んだ。車はファンクラブから贈られた真っ赤なポルシェだ。入り出のさいにあまり派手な外車に乗っていてはジェンヌとしての品格を疑われるという理由で地味めの国産高級車に乗っているスターさんが多いなか、こんな車に乗っても嫌味にならないのはレオンくらいだろう。花組二番手になったとき、レオンちゃんにはこれでなくっちゃ、とレオン会プレミアムのおばさま方から問答無用でプレゼントされてしまったのだ。二人乗りで荷台もほとんどなく実用無視のポルシェではジェンヌにつきものの大量の荷物が運べないという問題は、荷物運搬用の小型車をあとから追いかけさせる二台態勢を取ることでクリアした。あの顔で微笑みかけられると自動的にお財布を開いてしまう最強のおばさまキラー・花瀬レオは、組替えとともに五十パーセントの花組ファンを宙組ファンとして道連れにする使命をも帯びているのである。

　嫁となる早桃水香とは、宙組公演中の楽屋へ一緒に組替えのご挨拶に行ったとき、初めて言葉を交わした。いわばお見合い結婚したようなもので、相手がどんな人かもわからないのだからさぞ不安に違いないと思い、レオンはなるべくリラックスできる雰囲気を作るよう心掛けた。

「初めまして。これからお互い大変やと思うけど、がんばろうね」

「初めまして……というか、ファン時代からいつも舞台で拝見しておりました。レオンさんの舞台はすべて必ず拝見させていただいておりました」

「それはありがとう。何が一番好きだった？」

「全部好きなので迷うのですが……やはり『薔薇よりも甘く』の新人公演でおやりにな

ったジョバンニでしょうか」

　その答えにレオンは驚いた。それはレオンが研四のときに初めて新人公演の主役に抜擢されたときの作品で、もう十年も前のことだ。

「そんな前から観てくれてたんや。でもあなた、当時小学生だったでしょう?」

「私は母のお腹の中にいるときから宝塚を観ていますから」

「私もあの作品は大好きやった。でも小学生には刺激が強すぎたんじゃないの?」

『薔薇よりも甘く』は如月すみれの代表作で、バンパイア伝説を下敷きにした濃厚なラブロマンスだが、すみれコードすれすれの際どいラブシーンがあることで有名な作品である。そのシーンになると劇場のオペラが一斉に上がると評判だった。パッパさんのためにあて書きされたので新人公演を務める若手にはかなりの難役だったのだが、レオンは荒削りではあるにせよ若々しく情熱的にその過激なラブシーンを演じ切って存在感を見せつけ、後に続く抜擢の足掛かりをつかんだ。宙組新トップコンビお披露目公演の演目にはレオンのたっての希望により、この『薔薇よりも甘く』が選ばれていた。

「小学生なりにあのときのレオンさんがただもうお美しくてかっこよくて……あの作品でお披露目の相手役を務めさせていただけますこと、本当に嬉しく幸せに思っております。まだまだ未熟で至らないことばかりだと思いますが、一生懸命ついてまいりますので、今後ともご指導よろしくお願いいたします」

　品のよい微笑を浮かべながら、おっとりとしたトーンで、ゆっくりと言葉を選びながら話す子だった。白いワンピースに淡いピンクのボレロをあわせ、髪飾りと靴も同色のピンクでまとめている。まだ少女といってもいいような可憐であどけない顔立ちだが、瞳の奥に芯の強さと賢さが垣間見え、十学年も年上の相手役に懸命について行こうという健気さが感じられた。入団前からファンだった男役さんと、入団してからトップとしてコンビを組むというシンデレラストーリーは、宝塚ファンだった女の子にとってはまさに夢のようなことだが、宝塚の長い歴史のなかではたまにある。とはいえ、近年ではめったにないことだ。劇団としてはそれも新トップコンビのセールスポイントとして使うのだろう、とレオンは思った。

「私がちゃんと守るから。頼ってくれていいよ。何も心配しなくていいからね。あなたはただ毎日元気で、よく食べて、よく寝て、よく笑っていてくれたらそれでいいから」

「ありがとうございます。私こそ、レオンさんのお力に少しでもなれたらと……まずは、お邪魔にならないように気をつけます」

そこへ舞台がはねたばかりの組長と副組長がインパクトのある妖怪の扮装のままやって来た。組長は砂かけばばあの、副組長は一反木綿の扮装をしている。控えているレオンとみずかを見ると、

「わあ、似合いのお二人やわあ」

「ほんまですね」

と顔を綻ばせた。

「本日は組替えのご挨拶に上がらせていただきました。お忙しいなか、お時間取っていただき、ありがとうございます」

「あんたらみたいな麗しい美男美女のコンビが来てくれはって、嬉しいわあ。宙組は漫画原作とかゲーム原作とかのぶっ飛んだ系統ばっかり続いてて、いいかげん飽き飽きしてたんや。今回なんて妖怪ファンタジーでっせ。こんないい女に妖怪やらせんのやで。レオンとみずかちゃんが来てくれはったらこれでやっと宝塚らしいラブロマンスができるって、みんな大喜びですわ」

「まさか『薔薇よりも甘く』をこの宙組でやらせていただけるとは。発表と同時にみんなヤンヤの大喝采や。えーっ、まともなやつやん、ラブシーンあるやつやん、そんなん何年ぶりやろかって。なんせうちら妖怪ファンタジーの前はSF宇宙ロマネスクで、みんな宇宙人でしたしね」

「その前はホラーロックオペラで、頭ぶち割られた亡霊たちがロックしてたしな」

「もうたいがい何が来ても驚きませんな、うちの組は」

組長のまろ姐《ねえ》こと麿《まろ》ゆらはいまだ妖艶な現役感バリバリの女役さんだが、五組の組長のなかで最も個性と毒気が強く、時々漏らす爆弾発言にもファンが多い名物組長である。よくこれで管理職が務まるものだと宙組生に心配されるほど豪快で奔放な方で、初日や千秋楽のご挨拶ではいろいろとやらかしてくれるので、それを楽しみにしているファンも多い。副組長のきよしこと今《こ》宵《よい》聖《せい》はそんなまろ姐さんにひけを取らない個性派男役さんで、漫才の相方のように組長の発言にツッコミを入れ、毒気を和らげる役割を果たしながら、陰でしっかりと宙組を支えている。みんなのお母さんとお父さんのように穏やかでやさしく厳しさもある他組の組長・副組長とは明らかに一線を画した、独自路線を突っ走る超ユニークな管理職なのだ。そんな組長と副組長のもとでトップを務めさせていただけるのはレオンにとって何より有り難いことだった。アドリブやれやれもっとやれと言ってくれる組長さんでなければのびのびと芝居ができないし、釣って釣って釣りまくれと煽ってくれないとショーの客席降りでお客様の膝には座れない。ある意味レオンにとっては理想的な環境であると言えるだろう。

宝塚では本拠地・大劇場でのトップお披露目公演の前に、必ず別箱でプレお披露目公演が行われる。新トップチームと二番手もしくは三番手チームに分かれ、二手に分かれて公演を行い、まずそれで半分の組子と馴染んでから、大劇場で組子全員が集うのである。花瀬レオのプレお披露目公演は梅田と赤坂での海外ミュージカルに決まった。同じチームにジェリコがいてくれたのは心強いことだった。

その集合日までにレオンは「宝塚おとめ」を熟読し、まずは半分の宙組生たちの名前と愛称と顔を覚えていった。

「で、でかっ……」

というのが、稽古場に入った第一印象だった。宙組は五組の中で最も新しくできた組で、四つの組から精鋭を集めて結成されたという歴史がある。いろんな組からいろんな考えの人が集まってできたという点でアメリカ的なところがあり、よく言われるようにアスリート系でスタイリッシュな雰囲気があった。それでもみんなとてもナチュラルに、昨日も一昨日も去年もずっと宙組にいたよね、という感じで接してくれたのが非常に有り難かった。初めての歌稽古の日、この組が「コーラスの宙組」と言われているのは伊達じゃないと思い知らされた。なんだこのただならぬコーラス力と長身率は、とレオンは衝撃を受けた。一緒に歌いながら何度も感動するほどだった。

そしてそれ以上にレオンが衝撃を受けたのは、食べ物に関することだった。ファンの方から差し入れていただいたフルーツゼリーを稽古場の冷蔵庫に入れておき、休憩時間に食べようと楽しみにしていたのだが、それが跡形もなく消えていたのである。何しろトップとはいえ新参者ゆえ、そのときは文句も言わずに諦めたのだが、また別の日にこれまた差し入れていただいた大好物の苺を冷蔵庫に入れておいたら、これも消えているではないか。これはもしや落下傘トップへの嫌がらせなのかと一瞬思ったが、さすがに黙っていられず、

「私の苺がないんやけど……誰か見なかった？」

と声をかけた。和やかに談笑していた宙組生たちは一瞬黙り、気まずそうに目を見合わせた。

「えっ、まさか、あなたたち……私の大事な大事な苺を勝手に食べたの？　私の大好き

な大好きな美人姫を……ファンの方から差し入れでいただいたあの宝石のような美人姫を……一粒千円もするあの高級な美人姫ちゃんを……断りもなく食べちゃったわけ？」

　下級生の娘役が一歩前に出て言った。

「あの、レオンさんは冷蔵庫の宙組ルールをご存じないんですか？」

「はあ？　何やそれ」

　ジェリコが慌てて、

「レオンさん、一番最初に説明したじゃないですか。冷蔵庫に入れるものには名前を書いてくださいねって」

　と言葉をはさんだが、レオンは覚えていなかった。

「や、でも苺だよ？　私の大好物の苺だよ？」

　するとまたその下級生が、当然のように言い放った。

「トップさんだろうと専科さんだろうと組長さんだろうと関係ないです。冷蔵庫に入れる食べ物には必ず名前を書いてください。名前の書いてない食べ物はみんなのものであると判断され、あっという間に食べられてしまいます。それが宙組の掟です。宙組は食べ物に関してはとりわけ厳しい組ですから」

　その迫力と正論に気圧され、レオンは

「あ、そうなんや……」

　と言い返すことしかできなかった。

「宙組はごはんとおやつに命かけてますから」

「わ、わかった。次から気を付けるわ」

そんなふうに洗礼を受けながら、レオンは少しずつ宙組に馴染んでいった。プレお披露目公演のフィナーレでは、海外ミュージカルということで、ブロードウェイの演出に則《のっと》った形で上演しなければならないため、トップの大羽根はお預けになった。

「少しは宙組に慣れましたか？」

とジェリコがたびたび気にかけてくれたが、この作品は楽曲数が膨大で、稽古場の休憩時間でもつねにヘッドホンをして必死に譜読みをしている状態だったから、組子たちとあまりコミュニケーションを取る時間すらもなかった。曲とダンスナンバーを覚えるだけでいっぱいいっぱいだった。

「うん、みんなよくしてくれるし、もうずっと宙組にいるみたいな気がするわ」

と言ったものの、胃がきりきりと痛んでいることは言いだせなかった。まさかこの自分が神経性胃炎になるなんて、これまでのジェンヌ人生ではありえないことだ。

「でも正直、食べ物に関して宙組がここまで弱肉強食だとは思わなかったわ」

「私もはじめは驚きました。すぐ慣れましたけどね」

「体力がないとこの組にはいられへんな」

「トップになった実感は？」

「まだ全然実感ないわ」

「やはり本公演で羽根を背負わないとですね。それにこのミュージカルはラブシーンもほとんどないし、レオンさんの本領発揮できるのはやっぱり次の『薔薇よりも甘く』ですよね。ショーでどんなふうにレオンさんがキザるか、みんな楽しみにしているんですよ」

「みずかちゃんがまだまだ硬くて心配なんや」

「あの学年で来たばかりの組でトップですからね。まだ同期以外とはほとんど喋れてないみたいですし、ちょっと可哀想かな。私も気にかけて話しかけてみますね」

「ありがとう。助かるわ」

みずかはとりあえず最低限のラインはできるものの、客席を魅了するまでには至らなかった。特に歌唱力の点ではネット上でもかなり叩かれていて、娘一としてもレオンの相手役としてもふさわしくないというレオンファンの意見が大勢を占めていた。やればできる子なのはわかっているが、落下傘トップのストレスが半端ないのだろう、とレオンは思った。それは自分にも同じことが言える。一緒に振り切って高め合っていくしかないのだろう。みずかに本来の力を出させて最高のパフォーマンスを引き出す責任は演出家だけでなく、自分にもある。鬼になって鍛えなければならない、とレオンは決心した。それが結果的に彼女を守ることにもなるだろう。

何よりトップは収益を上げることが求められる。一組子の立場では見えてこなかったものが見えてくる。企業の重役になるのと同じくらいの責任がトップひとりの肩にのしかかるのだ。パッパさんは、トップになることは企業の社長に就任するのに匹敵すると言っていた。どれだけ客を呼び、グッズを売り上げるかはかなりシビアに劇団から評価される。宙組公演を毎回満席にすること。たとえ脚本が駄作でも演者の魅力でリピートさせること。それは至上命題だった。そのためにはより良いパフォーマンスをして舞台の質を上げるしかないのである。

次からは別チームだったイッセイさんも合流する。そう思うだけで胃痛がひどくなった。プレお披露目公演はあっと言う間に終わり、次の大劇場お披露目公演の集合日まではわずか五日間しかないというハードスケジュールだった。その五日間のあいだにレオンはおとめを熟読して残り半分の宙組生たちの名前と愛称と顔を覚え、趣味や出身地や好きな食べ物を把握した。そして貴重な休みのあいだにみずかを食事に誘って、重大なことを打ち明けた。

「私は三年でやめるつもりだから」

「えっ……」

「あなたはまだまだ若いから、添い遂げとか考えなくてもいいよ。劇団も長期のつもりだろうし」

タカラジェンヌの人生は、稽古と公演に明け暮れて、次から次へとめまぐるしく過ぎてゆく。トップになったらゴールは近い。レオンは尊敬するパッパさんと同じく、自らのトップ在任期間を三年と決めて、劇団にもスポンサー企業にもそう申し入れていた。

きっと三年なんて、瞬《まばた》きのような時間だろう。

「いえ、私も添い遂げさせてください」

「だから、いいって」

「私は、レオンさんの隣で踊れる娘役になりたいと思って、がんばってきたんです。レオンさん以外の方の相手役になるつもりはありません」

その真っ直ぐな瞳に、不覚にもレオンは泣きそうになった。自分に決まった相手役がいるのはすごく気持ちが落ち着いていいものだよ、といつかバラキさんが話してくれたことがあったが、その言葉がレオンには今とてもよくわかる。トップの孤独を、この子とだけは分かち合える。まさにトップコンビとは運命共同体なのだ。

「まあ、それは今決めなくていいから。三年後までにゆっくり考えなさい。それまでは、嘘のないコンビでいよう、ね？」

「はい。至らないところは、何なりと仰ってくださいね」

「三年間は死ぬ気でがんばってほしい。よりよいコンビになるために、私スパルタになるかもしれないけど、ついてきてね」

「はい、精一杯ついてまいります」

そのようにして、瞬きのように短く、夢のように濃密なレオンの最後の三年間が幕を開けた。

# 4

レオン会の代表さんは、かつて如月すみれの会を率いていた人である。

宝塚はじまって以来の前代未聞の異端児・如月に惚れ込んでパッパ会を立ち上げたのはもう三十年も前のことだ。すみれがまだ研一のピヨピヨだったときにその才能を見抜いて、この子はほかのジェンヌさんと全然違う、あまりにも個性的すぎて宝塚の枠に収まりきらないパワーがある、ちゃんとした支援勢力を作らないと劇団に潰されてしまうだろうと直感して、ファンクラブを作らせてほしいと声をかけた。宝塚スターは会という個人ファンクラブの、見返りを求めない純粋なボランティアによる献身なくしては成り立たない、ときにはその規模や勢力によって劇団内の出世競争さえも左右される、極めて特殊な職業なのである。弱冠二十五歳の小娘が、二十歳そこそこの小娘に手を差し伸べ、ともに歩き出したのだ。

代表さんが見込んだとおり、すみれには熱烈なファンがついたが、熱烈すぎてストーカーになったり、ファン同士で殺人未遂事件にまで発展したこともある。男役とは人を狂わせてなんぼの商売とはいえ、これにはさすがにすみれも参ってしまった。ファンに感謝はしても媚びないという彼女独自のスタイルはここからはじまった。

すみれは特定のファンを特別扱いせず、すべてのファンを平等に扱う、と宣言した。代表さんは何があってもこの子をトップにするという野望を持っていたから、わかりました、とすべてを受け容れるしかなかった。入り出待ちのさいのお手紙渡しもお茶会もしない、高価なプレゼントは辞退する、ファンには舞台の姿だけ見てほしいという独自のやり方を貫き通して、彼女は二十年間のタカラジェンヌ人生を終えた。それに従った代表さんは、すみれがトップになると信じて十七年間も応援し続け、いい時も悪い時も変わることなく会を運営し続けた筋金入りの人物である。すみれが何度か劇団から見放され、路線落ちの憂き目にあい、肩たたきのような組替えを繰り返しても、あなたなら絶対に大丈夫だから、今の苦労は必ずいつか報われるからと励まし続けた。

すみれが退団したとき、花瀬レオは研五で、すでにファンクラブはできていたが、代表さんが重病にかかって入院してしまい、新しい代表さんを探していた。すみれが特に目をかけて可愛がっていた後継者のような弟分のような若手男役さんだったから、レオン本人からの熱い要望と、すみれからの口添えも受けて、レオン会を引き継いだ。この子もすみれほどではないにしろ、トップになるのに時間がかかるタイプだなと彼女は思い、そのほうがやり甲斐があると思った。意外だったのは、レオンのライバルと目されていたナッツこと永遠ひかるの会ではなく、レオンの会を助けてやってくれとすみれから頼まれたことだった。

「私がやめたら、あなたはどうするの？」

と、サヨナラ公演の途中ですみれから訊かれたことがある。

「パッパさんのいないヅカに用はありません。私も一緒に卒業しようと思います」

「あなたほど代表さんに向いてる人材はいないよ。やめてしまうのはもったいないよ」

「パッパさんが今後も芸能活動をされるのでしたら、もちろん喜んでお手伝いさせていただきます。でも、されないんですよね？」

「私は男役を卒業したらいかなる表現活動もするつもりはない。でも、宝塚にはあなたの力を必要としてる男役がいっぱいいる。たとえば、レオンとか」

「えっ……ナッツじゃないんですか？　あなたの最後の公演で新公主演したあの子のほうがお気に入りかと」

「ナッツにはもう立派な代表さんがついているからなんの心配もないけれど、レオンのほうは代表さんが入院しちゃって、席が空いてるんだよ」

「レオンならいくらでも代表さんのなり手はいるんじゃないですか。ナッツ同様、現在絶賛爆上げ中ですし」

「あの子はなかなか難しいよ。私にそっくりで、下手をすると同じ轍を踏むおそれがある。誰かがしっかり手綱を握っていてあげないと」

「まあ確かに似てるのは否定しませんね。あの無自覚な色気の放出は、誰かさんの若い頃を彷彿とさせます」

「それなら、手伝ってあげて。ナッツはいずれ必ずトップになる子だけど、レオンは代表さん次第かも」

　そのような経緯で、彼女はレオン会の代表さんになったのだった。

　レオンとすみれは芸風は似ていても、ファンへの接し方は百八十度異なっていた。すみれがいわゆる「塩対応」であったのに対し、レオンは「神対応」と呼ばれるほどファンサービスを惜しまなかった。なぜこの人はこんなにもハードなお稽古で疲れているのに、自分の出を待ってくれているファンにこれほどやさしく微笑みかけられるのだろう、と代表さんは思っていた。お茶会では余興までこなし、千五百人の参加者全員とハグまでしている。ちゃんと一人一人の目を見て、ありがとう、と言ってから、抱きしめる。感激のあまり泣き出したファンには涙をハンカチで拭ってやり、そのハンカチまでプレゼントしてしまう。そのためお茶会ではつねに百枚ほどのハンカチが用意された。自分を愛してくれる者に対して、自分のすべてを与えることを惜しまないようなところがある。なぜこの人はこんなにも底なしの愛を注げるのだろう。会のスタッフにもよく気を配り、感謝の言葉を忘れず、決して不機嫌な顔を見せたことがない。それが無理せずごく自然体でできてしまうのがレオンのすごいところだった。ジェンヌさんはいつもハードなお稽古と公演と番手のストレスに晒されているから、そういうジェンヌさんは実はめったにいるものではない。どんなときでもユーモアを忘れず、三枚目に徹することができるのは、おそらくかっこいい二枚目の自分にどこかしら照れがあるからではないか。

下級生の頃にはキザりの中にふと含羞が滲み出ることがあり、それがいっそうファンの母性本能をくすぐった。

ファンへの真摯な姿勢は娘役さんに対しても同じなのだろうと代表さんは思った。レオンは組替えしたあともかつて一度でも組んだことのある娘役たちの誕生日には贈り物を欠かさず、時間の許す限り食事も誘うようにしていた。月組の下級生時代から上級生の娘役さんに可愛がられ、

「レオンと組むとレオンのこと好きになっちゃうんだよね。レオンってたぶん踊ってる瞬間は演技じゃなくほんとに好きになってくれてるんだと思うわ。あんな目で見つめられたらこの百戦錬磨の私ですらメロメロになっちゃうわ。レオン、おそろしい子だわ」

とよく言われたものだった。

「男役は娘役さんのおかげで男らしく見せていただいているんだよ。娘役さんに微笑んでほしければその倍微笑んであげなさい」

というパッパさんの教えを普段の私生活から実践していて、それがもう長年の男役生活で身にしみついてしまっている。世の女性たちが夢見る理想の男役像をさんざん演じているうちに、何をすれば女性が喜ぶか、何を言えば女性が笑ってくれるかを知り尽くし、

「娘役さんにもてるにはどうすればいいですか？」

と下級生男役たちから相談されるヅカきってのモテ男になってしまった。

「そうやなあ……自分のことよりもまず相手役さんのことを一番に考える。今日の体調はどうか、悩み事はないか、課題はクリアされたか、気持ちよく舞台に立っているか。いつもいつも相手役さんを見ていて、わずかな変化に気づいたら声をかけてあげる。髪型や髪飾り、ネイルやメイク、お稽古着まで、娘役さんたちは毎日本当に工夫して男役さんに褒めてもらいたいと思って頑張っているからね。それを一つでも見逃したらあかん。そういうことを積み重ねてると、相手役さんのことが心から可愛く愛おしくなるんや」

　レオンが生まれながらのジェントルマンなのは間違いないが、ただそれだけでは説明がつかないほどの情の深さがある。研十くらいまでは「花瀬チャラオ」「娘役喰い」という代名詞がついていたが、研十を超えたあたりから「ミスター包容力」「全娘役の恋人」と言われるようになった。それは下級生の男役に対しても同じで、伸び悩んでいる子がいたらできるまで自主稽古をとことんつきあってやる。その姿勢は絵にかいたような優等生にして正統派の花組トップ薔薇木涼の影響を受けたこともあるが、バラキが技術的な面を徹底的に指導してやるのに対し、レオンは内面まで踏み込んでその子の人生の深いところにまで関わるようなアドバイスを惜しまない。

「レオン、そこまでやったら、身がもたへんやろ？」

　あるとき、その自主稽古の様子を見ていたアモーレさんに言われたことがある。

「自分の課題も山積みやのに、なんでそこまでするんや？　時間も体力も削って、なんでそこまで？」

「バラキさんもされていることですから。二番手として当たり前のことをしているだけです」

「バラキ以上のことをしてるように見えるけどな。前から思ってたんやけど、あんたには過剰なところがある」

「過剰……ですか？」

「過剰な色気、過剰なやさしさ、過剰な情の深さは、一体どこから来てるんやろって、あんたを見てるといつも思うわ」

「いや、そんなこと言われても……」

「人は足りないから過剰になるんや。決定的に足りないもんを補おうとして、それ以外のもので過剰に武装する。それが人間や」

その言葉にレオンはショックを受けたようだった。

「男役としてはものすごい魅力やし、最高の武器やけど、私はその足りないところがちょっと気になるな」

「たぶん、実力が足りないんでしょう。歌もダンスも演技力も足りないから、色気で補ってるんですよ」

「実力は何もかも足りてると思うで。私が言ってるのはそういうことと違うんやけどなあ」

「人間性の問題ですか？　私には人間として決定的な欠陥があると？」

「そこまでは言うてないがな」

「いいえ、きっとそうなんやと思います。この宝塚という学校のようなところで人としての欠陥を矯正していただいて、私は今、どうにかこうにか舞台に立っていられるんだと思います」

「あんたはチャラい自分を演じてんのやろ？」

「ただもう生まれつきチャラいんですよ」

アモーレさんはそれ以上突っ込まずに微笑んだだけだった。レオンが泣きそうな顔になったから、何も言えなくなってしまった。

「パッパにも似たようなところがあった。あの子はあんたとは真逆の孤高の男役やったけどな。足りない何かを必死で埋めようとするエネルギーを才能というのかもしれん。言っとくけど、褒めてんのやで」

「おそれいります」

「男役スターはな、華だけあってもあかんのや。光を際立たせる影の部分がないと、薄っぺらくなる。背中から哀愁が滲み出てこそ本物や」

「哀愁……確かにパッパさんにはありましたね。あの方は哀愁の塊のような男役さんでしたね」

「あんたは天衣無縫のチャラ男とか言われてたけど、不思議と下級生の頃から哀愁だけはあったな。そういう意味では、やっぱりパッパとよう似てる」

「アモーレさんにそんなふうに言っていただけて光栄です」

「何を背負ってるのか知らんけど、あんたがつらいとき、心から泣ける場所があるように願ってるわ。もしないのなら、私でよければ、この胸くらい貸したるわ」

「ありがとうございます」

　男役という職業の良いところは、性別を超えて理想の自分になれることだ、とレオンは思う。弱い女の子だった自分を乗り越えて、強い男として生まれ変われる。弱い女の子だった自分を守って、抱きしめてやれる。レオンがファンの女性たちを見るとき、瞳に映しているのはかつての自分なのだ。寂しくて泣いてばかりいた、誰かに心から理解されやさしく抱きしめられることを夢見ていた、よるべない痩せっぽちの小さな女の子なのだ。

　かわいそうな母を笑わせることが、幼いレオンに課せられた使命のすべてだった。母の喜ぶ顔が見たくてバレエを習い、必死にお稽古してうまくなった。父は仕事でいつも家にいなかった。レオンは父のかわりに母を守り、母を笑顔にしなければならなかった。明るく情熱的で生命力に溢れた太陽のような大好きな父にかわって、神秘的な憂愁を全身に纏い月のようにひんやりと沈黙する母のそばにいることがレオンの務めだった。大切なママをきみが守ってあげないと、と父は家を出るときいつも言った。パパがママを愛するように、パパがきみを愛するように、きみはママを愛し慈しみ守ってあげないとね。

父は美しく、逞しく、粋で、聡明で、底抜けにやさしい人だった。年に数回しか会えないから、あまりにも遠い人で、嫌いになりようがなかった。父の腕の中で眠ったのに、朝になって目が覚めるともう父はいない。そして次はいつ会えるかわからない。時々、父は本当に実在しているのか、あの温もりは父恋しさが見せた幻なのではないかと思うことさえあった。

「パパ、今度はいつ帰ってくるの？」

泣きじゃくる三歳のレオンを抱きしめて父は言った。

「泣かないで、僕のかわいい大切なお姫様。パパはいつでもきみをこうして抱きしめている。きみが寂しいとき、泣いてるとき、パパはいつでもそばにいて、夢の中でも抱きしめてやる」

五歳のレオンにも、七歳のレオンにも、九歳のレオンにも、別れ際に父は同じ言葉を言い続けた。それは魔法のような言葉だった。十三歳になるともうレオンは泣かなくなったが、それは母のためであり、宝塚と出会ったからだった。舞台で見る男役さんは、父のように現実味がなく、甘い言葉と温かい体温で娘役さんを抱きしめているように見えた。まるで誠実な詐欺師のように、観客を心地よくたぶらかしている。父に似て美しく成長していく自分にとって、男役になることが天職だと思った。泣かないで、僕の大切なお姫様。僕はいつでもきみのそばにいて、夢の中でも抱きしめてやる。その魔法のような言葉で誰かをつつみ込み、慈しんでやることこそが、父の娘である自分の使命だとレオンは思った。

それはあるいは欠落なのかもしれない。でも自分の笑顔で誰かを幸せにすることができるなら、自分の温もりで誰かの孤独を束の間癒やすことができるなら、自分のウインクで誰かにときめきを与えられるなら、欠落は豊饒に変わる。さらに美しい舞台メイクを追求し、男役芸を究め続けることが、レオンにとっての生き甲斐となった。

「外面だけ磨いても駄目だよ、レオン」

と、ある日パッパさんに言われたことがある。鼻立て命で、メイクの上達に血道を上げていた研二か研三の頃だった。

「内面の美が伴っていないと、気持ちが悪いよ。内面をもっと磨かないと」

「内面の美って何ですか？　どうやって磨けばいいんですか？」

「品格とか、教養とか、心の豊かさとか、そういうものかな。そういうのって滲み出ちゃうんだよね。男役はそういうものを磨いて初めて、エレガントに踊れるようになるんだよ」

レオンは自分の浅はかさに赤面した。自分はただの詐欺師だと思った。甘いマスクでかっこよく踊れれば男役になれるのではない。清く正しく美しい男役になるための修業は、そのまま人としての修業となった。

男役をしているときは、自由にのびのびと呼吸することができた。一番自分らしくいることができた。この世界に宝塚というものがなかったら、自分はどうなっていたかわからない。男性でもない、女性でもない、第三の性、男役。代替不可の、唯一無二の、奇跡的な職業、男役。それが自分の天職だとレオンは信じて疑わなかった。

レオン会の代表さんは、本能的にレオンの男役としての資質と可能性を見抜いていた。二番手という、トップほどの経済的責任は生じないわりにはトップに拮抗するやりがいのある役が与えられ、のびのびと持ち味を発揮できる、ある意味最もおいしい立場にいるあいだに、そしてファンからのバックアップが最も必要とされる時代に、代表さんは会員を倍に増やす攻めに打って出て、支援勢力を盤石なものにした。代表さんは如月すみれをトップにした実績をもつ勝負師だった。二番手羽根を背負っても絶対にトップになれる保証はないのである。劇団には二番手切りという悪名高い隠し技もある。会で捌くチケットは多ければ多いほど次期への担保になるのだ。花組から出されたことはレオンにとって試練ではあったが、もともと花組と宙組は昔からトップ候補が婿に出されることも多い、親戚のような間柄である。伝統と格式に縛られる花組より、自由にのびのびやれる宙組のほうが、レオンには向いていると代表さんは考えていた。

レオンはすみれが今どうしているかをたびたび知りたがった。あれほど強い絆で結ばれていた代表さんなら、退団後の動向を知っていると思っているのだ。

「パッパさんの退団後の噂、まったく流れてこないんや。他の方たちならインスタはじめられたり、ミュージカルの舞台に立たれたり、どこかの舞台を観に行って目撃情報がツイッターで流れたりして何かしらの情報が入ってくるんやけど、パッパさんだけはさっぱりや。今どこでどんな生活をされてるのか、めっちゃ気になって仕方ないねん。何か聞いてない？」

「さあ、おやめになってからは私にもまったく連絡がなくて。日本にいらっしゃるのかどうかもわかりません。芸能活動をされていないことだけは確かです。男役以外やらないと仰ってましたから、それは間違いないですね。インスタとかツイッターとか絶対やらないタイプですし。でもそんなふうに謎につつまれているほうが、パッパさんらしいじゃありませんか」

「それはそうやけど……お元気にしていらっしゃるのかなあ。トップお披露目公演、観に来ていただきたいのに、どこに招待券送ったらいいのかもわからへん」

「きっとどこかでお元気に生きていらっしゃいますよ。レオンさんのお披露目も、ひっそりとお祝いなさっているでしょう。そういう人ですよ、あの人は」

「こっそり観に来てくれたりするかな？」

「もしかしたら、変装して来たりしてね。でもどんなにうまく変装しても、パッパさんだとわかっちゃうから、やっぱり来ないかなあ」

「すごい老けメイクして来たらわからへんと思う。それで、ふっふっふ、誰にも見破られなかったって、ほくそ笑む気がする」

「パッパさんのオーラは、変装したくらいでは消せませんよ」

「そもそも生きてはるんやろか？　これだけ噂のひとつも流れてこないのは、ひょっとしたらどこかで孤独死とか……」

「パッパさんは宝塚史に残るスターさんですよ。もし亡くなったりしたら、さすがにニュースになるでしょう。案外平凡な結婚をして、普通の主婦になって幸せに暮らしているんじゃないですか」

「だといいね。そんなパッパさんを見てみたい。一目でいいから、パッパさんに会いたいな」

　ＯＧの集う催しにも一度も姿を見せないところがいかにもすみれらしい潔さだと思いながら、あれほど絶大な存在感を放って輝いていた大スターが、この情報社会でこんなにも見事に気配を消せるものなのか、一体どんな魔法を使えばそんなことが可能なのか、そのひたすらな隠遁の裏にはいかなる真情と悲壮な覚悟と深い闇が潜んでいるのかと、レオンは考えずにはいられなかった。そしてそのたび、自分にもいつか必ず訪れる男役との別れの日を思って、胸が締め付けられるような悲しみにつつまれるのだった。

　生まれながらの表現者が一切の表現をやめてしまうのは、死ぬことと同じだ。あの強烈なライトを、目が眩み骨が溶けるほどの恍惚を、血が沸き立つような狂熱を、どうして忘れて生きてゆけるだろう。あのひとが飛ばしたウインクは客席の誰かの胸に刺さり、せつない歌声は誰かの心に沁み込み、セクシーなダンスは誰かのハートを蕩かし、その男役芸は確実に誰かの人生を変えたのに、どうしてその人たちを置き去りにしてたったひとりでこの世の果てまでゆけるのだろう。

パッパさん、これがあなたが見ていた景色ですか、とレオンはいつも心の中で問いかける。セリ上がりのとき、サス中からソロを歌いだすとき、銀橋を渡り切って花道から二階席を見上げるとき、フィナーレで大階段を降りるとき。あなたはいつも何を思ってそこに立っていたのですか。今いらっしゃる場所はあなたに同じ喜びをもたらしてくれますか、と。どうか答えてください、パッパさん。あなたが磨きに磨いてきた男役芸を受け継ぐ者として、今の私はあなたの目に適《かな》うでしょうか、と。

でも心の中のパッパさんは、いつも背を向けている。あの燕尾の姿で、匂い立つような美しい背中を見せて、いつも沈黙し続けている。

## 5

花瀬レオと早桃水香の宙組新トップコンビ大劇場お披露目公演の集合日は、稽古場に衝撃が走った。

集合日の退団者発表は、組子も初めて知るドキドキの瞬間なのだが、まったく思いがけないことに専科のアモーレさんの退団が発表されたのだ。プロデューサーから名前を呼ばれてアモーレさんが立ち上がると、ええーっ、と稽古場にひときわ大きいざわめきが広がった。ジェリコは頭がからっぽになるほどのショックを受け、そのご挨拶の言葉も耳に入ってこなかった。なんで、なんで、なんで……という言葉だけが頭の中で何度もリフレインしていた。

「なんでですか？　どうして今やめるんですか？　アモーレさんだけはいつまでも宝塚にいてくださると思っていました」

　その言葉を後で本人にぶつけると、

「いつまでもいられるところやないで、ここは」

　と軽くいなされた。

「でも、ご定年まではまだ何年かありますよね？」

「それはすみれコードにひっかかるから答えられへんなあ」

「休む暇もないほど各組からひっぱりだこなのに、肩たたきなんてありえませんよね？　なんでこのタイミングで、今の宙組でおやめになるんですか？」

「今の宙組だからや。あんたがいるからや。可愛い弟子に見送られてやめたいんや」

「アモーレさん……」

　ジェリコは人目も憚らずに涙を流した。タオルも被らずに稽古場で泣くのは初めてだった。その様子をじっと眺めていたアモーレさんは、ハンカチを差し出し、声を潜めてさらにこんなことを言った。

「あんたにだけ言うけど……実は私な、もう目がよう見えんようになってしまってな。セリ線や銀橋のカーブで躓《つまず》いたり、セリに落ちそうになったこともある……年やな。こんなんで舞台立ってたらみんなに迷惑かけるから」

ああ、そうか……とジェリコには心当たりがあった。セリに落ちそうになったときのことは自分も目撃したことがある。アモーレさんの目が悪いのは昔からのことだという話も聞いたことがある。天上を見上げてかっと目を見開いていなくてはいけないシーンを演じたとき、前の場面で使った金色の雪のかけらが舞い降りてきた。ただの紙ではなく特殊な金属でできた粒子の細かい砂粒だったから、それが目に入って網膜を傷つけてしまったのだと。それでもアモーレさんはしっかりと目を見開いたまま演技を続け、それ以降視界に影ができる症状が出るようになったということだった。

「すぐにお医者に行けばよかったのに、その日は二回公演でお化粧替えもあったからそんな時間はなくて、無理しちゃったのね。アモさんらしい役者魂を物語る逸話よね」

と、その話を教えてくれた別の専科さんは言っていた。

「そんなにお悪かったとは何も気づかず……申し訳ありません」

「みんなには内緒やで」

「はい、誰にも言いません。私がアモーレさんの目になれるよう、できるかぎりサポートさせていただきます」

「頼もしい弟子を持って、私は幸せ者やな」

「病院には行かれてるんですか？　手術したら治ることってないんですか？」

「目を切られるなんて、まっぴらごめんや。想像するだけで死んでまうわ。完全に失明するわけやないから、もうこのまま生きてくことにした」

「そんなこと言って、駄目ですよアモーレさん！　お願いですから手術してくださいよ。可愛い弟子の舞台をもう観られなくなってもいいんですか？」

「もう見るべきほどのものは見た。この年になると、あまり見えないくらいがちょうどいい。うすぼんやりした世界のほうが心地いいんや」

「退団のご挨拶で大階段降りられますか？」

「私が何年あの階段上り下りしてると思てんのや」

　そうだこの人は四十年以上も、あの大階段を上ったり下りたりしてきたのだ。私が生まれる前からずっと、髭をつけて、三年目には誰かのお父さんを演じ、四年目には誰かのおじいちゃんを演じてきたのだ。国王や、貴族や、泥棒や、武士や、職人や、神父や、百姓や、人ならざる者までも。ユダヤ人にもフランス人にも中国人にもアフリカ人にもローマ人にもなった。悪人も、善人も、狂人も、亡霊も、神様も、変幻自在に演じ分けた。どんな役を演じてもアモーレさんにしか出せない艶と色気があった。男役を追究し続けたその最後の背中を、一瞬も見逃すまい、とジェリコは思った。

『薔薇よりも甘く』は、ヨーロッパの吸血鬼伝説に想を得て書かれたゴシックロマンである。タイトルの「薔薇よりも甘く」はイギリスバロック音楽の巨匠ヘンリー・パーセルの美しい歌曲から取られている。歌詞とは何の関係もないものの、あの繊細で哀切な名曲そのもののように、ふるえるような魂の遍歴と愛の不可能性が珠玉の旋律にのせて描かれている。

イタリアの片田舎で薔薇園を営むジョバンニは、伝説の薔薇作りに情熱を燃やしている。咲き初めは淡きピンク色になり、次第に人間の血の滴るような真紅へとその色を変えてゆき、最後には紫色に近い朱色になって枯れてゆくという、三段階の色味が楽しめる薔薇だ。それは少女から成熟した大人の女へ、そして熟しきってもなお色香を放とうとする晩年の貴婦人の肌の色をあらわしたもので、女の一生が一輪の薔薇にこめられているというわけだ。「貴婦人の一生」と名付けられたその薔薇は、この地方に昔から伝わる幻の品種で、四百年前の文献で見つけた。以来、土壌や肥料や水といったあらゆるものに改良を重ね、ピンクから真紅への変化まではできるようになったものの、真紅から紫がどうしてもできない。しかも真紅も血の色味とはほど遠い。

研究に熱心なあまり、ジョバンニは夜ごとさまざまな年齢の女たちと逢瀬を重ねてはエクスタシーのさいの肌色の変化を観察するという日々を送っている。見目麗しく、金もあり、立ち居振る舞いもエレガントなジョバンニはそういう相手に不自由することはない。だが彼は関係を持った女たちを愛することはできず、誰とも心から通じ合うことはできない。ただ薔薇にのみ心を開き、薔薇にのみ話しかける孤独な男だ。ジョバンニの振る舞いは世間から見ればただの放蕩息子に過ぎないが、ただ伝説の薔薇を作りたい一心でそんなことをしているのだと父親だけはわかっている。この薔薇作りは代々彼の家の薔薇園で受け継がれてきた悲願でもあるのだ。

あるときジョバンニは村の星祭りで一人の美しい少女に出会う。おそらくよその町から来た旅行者なのだろう。父親らしき男と二人連れで、祭りの特設マーケットを見て回っている。ジョバンニが出店している花市場に来て、

「ここには薔薇しかないの？」

とジョバンニに声をかけた。

「そうだよ。うちは薔薇しか作ってないからね。他の花が欲しければ向こうに……」

「いいの。薔薇が欲しいわ」

「さあ見て。いろんな色があるよ。この黄色いのはリモンチェッロ。この真紅のはグランデ・アモーレ。このラベンダー色はブルー・ムーンだよ。スパイシーな香りがいいだろう？　このポンポネッラも可愛いと思うよ。あ、これなんかどう？　きみの頬の色によく似てる……」

少女の頬の色を見て、ジョバンニは強く惹きつけられる。それこそ彼がイメージする「貴婦人の一生」の咲き初めのピンクそのものだったのだ。

「きみ、名前は？　どこから来たの？」

「人に名前をきくときはまず自分から名乗るのが紳士の嗜みよ」

「これは失礼。僕はジョバンニ。この近くで薔薇園をやってる。この薔薇も全部僕が作ったんだよ」

「私はカンパネルラ。北のほうから来たわ。ゆうべこの町に着いたばかりなの」

「カンパネルラか……きれいな名前だ。この町に引っ越して来たの？」

「ううん、しばらくいるだけ」

「しばらくって、どれくらい？」

「さあ……まだわからない」

「学校へは行かないの？」

そのとき父親らしき男が、カンパネルラ、と少女を呼んだ。じゃあね、と行きかけた少女にジョバンニはピンクの薔薇を差し出した。

「これをどうぞ。今度うちの薔薇園に遊びにおいで。もっともっとたくさんのいろんな種類の薔薇を見せてあげる」

「ありがとう。さよなら」

「棘に気をつけて。さよなら」

実はこのカンパネルラと名乗る少女こそ、人間の生き血を吸って生き長らえているバンパイアである。生きていくためにはどうしても人間の血を吸わなければならない。怪しまれることなく獲物を手に入れるために、彼女は自らの美貌を利用して男に近づき、男が心を許して無防備になった隙にその血を吸う。生存に必要なだけの血を吸ってしまうと、人殺しの罪が発覚する前に町を去り、また別の町へと向かう。連れの男の名はザネリ。父親ではなく、彼女の美貌に屈服した獲物だったが、彼女を深く愛してしまい、その気持ちに打たれた少女は彼の息の根を止めるのをやめる。彼女のような年齢の少女が一人で旅をすることの不自然さをごまかすために、そして獲物を探す手伝いをするためにも、父親のふりをして彼女の供をしているのである。出会ったときザネリはまだ少年だったが、あっという間に年月が流れ、彼女だけが少女のまま永遠の時を生き続けている。

数日後、カンパネルラがジョバンニの薔薇園を訪ねてくる。

「あの薔薇、朝になると色がピンクから赤に変わったわ。まるで生きているみたいに」

「本当はもう一段階色を変えられるのを作りたいんだけどね。今のところはまだ貴婦人の半生ってところかな」

「そんな珍しい薔薇は、さぞ高く売れるんでしょうね」

「金のためにやってるんじゃない。僕はただ、ほかの誰にも作れない美しいものを作りたいだけなんだ。そのためなら一生を賭けてもいいと思ってる。見果てぬ夢さ」

「でも薔薇はすぐに枯れてしまうわ。そんなもののために一生を賭けるのは酔狂が過ぎるんじゃない？」

「きみは少女のくせに、ずいぶんと大人びた物言いをするんだね」

　カンパネルラと話していると、その瞳が少女から大人になったり、さらには老婦人のようにさえ変化することにジョバンニは気づいた。カンパネルラもまた、この少し変わった酔狂な男に惹かれていく。そんな二人を見守るザネリの目には昏い絶望が宿っている。毎日ジョバンニの薔薇園にかよいつめるカンパネルラのあとをひそかにつけるザネリ。二人が恋に落ちたことを悟ったザネリはカンパネルラを問い詰める。

「なぜとっととあの男を襲わない？　そろそろ食事をしないともうおまえは限界のはずだ。それともあの男に情が移ったのかい？」

「バンパイアに情などない。私はただ、彼の作る不思議な薔薇を見てみたいだけよ」

「貴婦人の一生か……悪魔に魂を売らないと作れない薔薇だ。あの薔薇の言い伝えを知っているだろう？　瀕死のバンパイアが人間の血を吸ったあとで、死にかけた肌に血色が蘇っていく様子をあらわしたものだ。かつておまえの一族がこの土地の薔薇作りの男を襲ったとき、その命とひきかえに奇跡的に生まれた薔薇だ。ピンクから真紅へ、真紅から紫へ……その色の変化を見るためには、彼が自ら餌食になるしかないのだよ」

「バンパイアのことを悪魔と呼ぶなんて……ザネリ、おまえはまだ人間なのね。哀しいほど人間のままなのね」

「私は人間でもバンパイアでもない。体は年老いていく人間のまま、心だけがバンパイアにされてしまった……おまえに少しの血を吸われて、バンパイアの心を持たされたのに、バンパイアになりきれず自分だけが年を取っていくのはなんと悲しいことだろう…

…あのときなぜ私の血を全部吸って殺してくれなかったのか……おまえがあの若くて美しい男を見るのを眺めるのはつらいのだ……」

「おまえがジョバンニに嫉妬するなんて……おまえはもう家族のようなものなのに」

「頼む、カンパネルラ。早く食欲を満たして、この町を出よう。彼は血を失うかわりにあの薔薇を手に入れるのだ。薔薇作りにとって、それは本望だろう。伝説でしか聞いたことのない幻の薔薇をその手で作れるのだから」

　だがカンパネルラはどうしてもジョバンニを襲うことができない。空腹に耐えかねた彼女は、ジョバンニの薔薇園で働く彼の女友達のマリアを襲ってしまう。吸血の跡を隠すため、ザネリがマリアの遺体を川へ棄てに行く。それはザネリのいつもの仕事だ。食欲を満たしたカンパネルラは、獲物を狙うバンパイアとしてではなく恋するひとりの女性としてジョバンニと向き合い、二人はついに一線を越えてしまう。ちなみに客席のオペラが一斉に上がるのは、二人の初めての契りを激しいダンスで表現したこのシーンである。孤独な魂と魂が触れ合い、肉体と精神がひとつに溶け合い、二人は初めて愛というものの深淵にふれる。エクスタシーのさなかにカンパネルラの肌はピンクから真紅へ、そして紫に近い朱色に変化してゆく。

「ああ、これだよカンパネルラ、僕がずっと探し求めていたのは……愛している……愛している……」

「いいえ、ジョバンニ。貴婦人の一生はこんなものじゃないわ。いつか本物のあの色を見せてあげるわ」

二人は狂ったように愛欲にのめり込んでいき、ジョバンニは幻の薔薇の着想を確かなものにしていく。一方、行方不明となっていたマリアの遺体が川底から上がる。首筋から吸血の跡が認められ、体内には一滴の血も残っていなかったことから、バンパイアの仕業だと断定される。村ではついにバンパイア狩りがはじまってしまう。

「もうここにはいられない。一刻も早く逃げるんだ！」

「わかったわ、ザネリ。でも最後に彼にさよならを言わせて」

「あの男がどれほどおまえを愛しているか……別れなど告げたら彼はおまえを殺すかもしれない。黙っていなくなるほうがいい」

「父親として一緒について来て。それなら彼も変な真似はしないわ」

「もし彼がおまえを傷つけるようなことをしたら、私はすぐに彼を殺すからね。いいかい？」

「それには及ばない。私が彼の血をいただいて彼を仕留める」

「もっと早くそうすべきだったんだ。殺さなくてもいい女を殺してしまった」

「あの女は彼と交わった。殺されて当然の女よ」

「バンパイアが人間の女にジェラシーを感じるとは……まさかおまえは本気であの男を愛しているのか？」

「ありえない。バンパイアにとって人間は食糧でしかない」

「それならなぜあのとき私を殺さなかった？」

「憐れみをかけただけ。そして旅をするために利用しただけ」

「おまえにはこの私が必要だということを忘れるな。おまえはこれからも私を利用しながらずっと一緒に旅を続けるんだ」

「わかってるわ、ザネリ。私にはあなたが必要で、あなたにも私しかいない」

ザネリとともに別れを告げに行くと、案の定ジョバンニは錯乱してカンパネルラを引き留める。ザネリが銃を取り出したのを見て、カンパネルラはジョバンニに叫ぶ。

「貴婦人の一生をこれからあなたに見せてあげる。しっかりと見て！」

「何を言ってる、カンパネルラ？」

「私の肌の変化をよく見ているのよ」

カンパネルラは衣服を脱ぎ捨てて半裸になると、ジョバンニではなくいきなりザネリの首筋に噛みつき、ジョバンニの目の前でその血を吸う。もちろん半裸とはいっても舞台上なのでカンパネルラは青白く発光するような薄衣を纏っており、胸は見えるか見えないかというぎりぎりのところで留まっている。

「やめろ、カンパネルラ、きみは一体何を……？」

「いいのだ。私は長いあいだ、この瞬間をずっと待っていたのだ……おまえに殺されるのなら本望だ……カンパネルラ……私のカンパネルラ……」

抵抗もせず血を吸われるがままになっているザネリは至福の表情を浮かべている。カンパネルラの肌は淡いピンクから血の滴る真紅に変わり、一滴残らず血を吸ってしまうと、やがて紫に近い朱色に染まっていく。ここはお衣装部さんと小道具さんの匠の技の見せ所で、血を飲み干すにつれて青白い薄衣がピンクから真紅へ、そして紫へと変化していくさまが鮮やかに表現される。これまで見たこともない色味の変化に驚愕と感動を覚えつつも、ザネリが絶命したのを見てはっと我に返り、ジョバンニは絶望して叫ぶ。

「カンパネルラ……きみは……きみは……バンパイアだったのか……」

カンパネルラは口元からこぼれる血を手の甲で拭い、ジョバンニに悲しく微笑みかける。少女のような、老女のような、あらゆる時を超えてきた者だけが浮かべることのできる、深い諦念と無常の込められた、ぞっとするほど美しい微笑だった。

「ようく見たわね？　私の愛しい薔薇作りさん……もう行かなくちゃ……さようなら…………いつかどこかで、あなたが作った薔薇を見るのを楽しみにしているわ」

「待って！　きみはどこへ行くんだい？　たったひとりで……僕のためにお父さんをその手で殺して……」

「この人は父なんかじゃない。かつてあなたのように私を愛してくれた人よ」

「きみもこの人を愛していたの？」

「いいえ。私が愛したのは、あなただけ……さようなら、ジョバンニ」

「僕も行くよ、きみと一緒に」

「それは駄目。終わりのない旅よ。あなたはあなたの大切な薔薇園を捨てられるの？

一生を賭けた大事なお仕事を私はあなたから奪う権利はないわ」

「僕はもう貴婦人の一生をこの目で見てしまったよ。だからもうあの薔薇を作る必要はなくなったんだ。きみとともにいればいつでも見られる。形にしなくても、あの薔薇はきみのなかにある。永遠に」

「覚悟はあるの？　私は年を取らないけれど、あなたはそうじゃない」

「どうすればきみのようになれる？　きみといつまでもいられるのなら、僕は人間でなくなってもかまわない」

「それにはあなたの血を少しいただかなくては……少しだけ……あなたが死なない程度にね。そしてあなたも私の血を吸うの。それを永遠に繰り返して、互いに血を吸いあっていけば、あなたの血は私の血と混ざりあい、私の一族になれる」

「どうぞ、やりたまえ」

「もう人間には戻れないのよ」

「きみの血は薔薇よりも甘いだろう。他に望むものなど何もない。僕の命も、僕の愛も、きみに捧げる。きみこそが、僕が作りたかった伝説の薔薇そのものなんだ」

二人は血を吸いあう儀式を交わし、運命を共にする覚悟を決める。そのときジョバンニの父が血相を変えて入ってくる。

「警察が来る！　すぐにここから逃げるのだ。この薔薇園は徹底的に調べられ、村人たちによって焼き討ちにあうだろう。その前に私が火をつけてすべてを焼き払う。先祖代々の大切な薔薇園を赤の他人に踏みにじられるくらいなら、私の手で終わらせる」

「そんな……父さん……何もそこまでしなくても」

「あの薔薇を見られたらまずいのだ。よいか、おまえも二度とあの薔薇を作ってはならん」

「僕はもう薔薇作りはやめたよ。彼女と一緒に生きていく。ごめんよ、父さん」

「さあ行きなさい、ジョバンニ。そのお嬢さんと、末永く幸せに暮らせよ」

父はまとまったお金をジョバンニに渡し、二人が出て行ったのを見届けると、薔薇園に火をつける。そのまま燃え盛る炎の中にとどまり、自分たちが丹精した薔薇とともに朽ち果てる――。

ジョバンニとカンパネルラは一緒に町を出る汽車に乗る。そして永遠に旅を続けるのだ。ジョバンニとカンパネルラという名前からもわかるように、この芝居は『銀河鉄道の夜』のモチーフも取り入れて作られている。たったひとりのかけがえのないもう死んでしまった友だちと、どこまでもどこまでも銀河のかなたへ旅をする二人の子ども。死の側から生の輝きを炙り出したこの物語のテーマとバンパイア伝説とを融合させて、透徹した孤独と愛への渇仰を描いてみせた。ラストシーン、舞台には満天の星空のセットが組まれ、銀橋を銀河鉄道の線路に見立てて、幻想的なスモークと降りしきる流れ星が立ち込めるなか、二人がしっかりと抱きあい、銀河ステーションへと旅立っていく車窓のなかで、芝居は幕を閉じる――。

配役はジョバンニにレオン、カンパネルラにみずか、ザネリに二番手のイッセイ、ジョバンニの父にアモーレさんという布陣である。ジェリコが演じるのはジョバンニの先祖にあたるレオナルドという薔薇職人で、四百年前にバンパイアに襲われて絶命するまでのわずか三日間で「貴婦人の一生」という伝説の薔薇を作った人物だ。バンパイアに襲われたという忌まわしい事実は一族のあいだでもひた隠しにされてきたが、ジョバンニの父はうすうすそのことに気づいており、先祖代々の悲願の薔薇の秘密を知りながら、もしそんなことが世間に漏れれば一族全員が焼き討ちにあってしまうために、誰にも言えずにいたのだった。それほどバンパイアは忌み嫌われ、交わった者は同じ悪魔と見做されて世間から追放される。禁忌のなかにこそ純粋な愛が生まれうるというのがこの作品の最大のテーマである。最愛の息子が親も家も家業も捨ててバンパイアを選び、いずこへともなくあてのない旅に出るのを見送る父親の身を切るような悲しみと壮絶な最期を、専科ならではの重厚な演技でアモーレさんが演じるのも大きな見どころのひとつだ。アモーレさんは如月主演の初演時も、同じ父親役を演じていた。

最も難しいのはカンパネルラ役だろう。無垢な少女から妖艶な大人の女、さらにはすべてを悟りきった老女の顔まで見せなくてはならない。そしてバンパイアとしての冷酷さと、バンパイアでありながら初めて人間の男を愛してしまった苦悩を表現しなければならない。歌もダンスもセリフも膨大だった。だがさすがに天才肌と言われるみずかは、本読みの段階から役の感情をつかみ、芝居の面ではさほど不安を感じさせなかった。最大の問題は歌だった。透明感のある声質はカンパネルラ役によくあっているのだが、バロック歌曲風の技巧的なアリアが多く、高度なテクニックが必要とされる難曲揃いだったのである。幸い宙組には全組きってのコーラス力があるので、みずかのソロをカバーするカゲコーラスを多用して補強を図るしかないと演出家は判断した。

二番手でありながらトップより上級生のイッセイさんがザネリを演じるのは、バランスのよい配役といえるだろう。稽古場ではレオンにかなりの気遣いを見せ、上級生としてため口をきいてもよいものか、どうすれば稽古場がスムーズにまわっていくかをさんざん悩んだようだった。

「私、十年前の初演見てるんですよ。パッパさんのジョバンニも絶品でしたけど、私はザネリが好きでねえ。ああ、この役やりたいなあって思ってたから、正直ザネリでよかったあって」

結局、最初の一言が敬語とため口のちゃんぽんになってしまい、レオンが胃痛をこらえながら、

「イッセイさん、ため口きいてくださいよ。下級生は一生下級生ですやん」

とおどけるように言ってみんなを笑わせ、

「まあそれもそやな。そうさせてもらうわ」

ということで言葉遣いの問題は一件落着した。

「初演時、私は新公でザネリでした。研三にとってはしみじみ難しい役でした。でもあのときは正直、アモーレさんのお役をしたかったんです」

　とジェリコが言った。

「当時からジェリコはヒゲ部だったんか」

「ヒゲ部に入れていただけたのは研五くらいですかね」

「なんかあんたは生まれたときからヒゲつけてる気がするわ」

　とまろ姐さんが茶々を入れると、

「初演の月組メンバーが二人も重要どころにいてくれてるのは心強いなあ」

　ときよしさんが言った。

「そうは言っても、新公ですからね。もう記憶もおぼろで……」

会話に入れないみずかを気遣ってレオンが、

「みずかは客席から観てたんだよね、私のジョバンニを」

　と声をかけた。

「えーっ、まだ生まれてないんちゃう？」

「それはさすがにないない、姐さん」

「はい、小学生でした」

「まさか十年後に同じ舞台に立って、すみれコードぶっちぎりのあのエロいラブシーンやることになるとは、夢にも思わなんだやろ」

みずかとしても、宙組生にとっても、ここまでのラブシーンは初体験らしく、稽古場では上級生から下級生にいたるまでの全員が固唾をのんでお稽古を見つめているのが痛いほど伝わってくる。

(あっ、胸をつかんだ!)

(レオンさんの大きな手がみずかちゃんの大きな胸を……むぎゅって……)

(あっ、あっ、あの太腿を撫でさすっている手はこのあとどこへ……)

(えーっと、あの腰使いは生々しすぎるのでは……えーっとどこに目をやれば……)

(タカラジェンヌにこんな振りさせるなんてカマちゃんすごっ……)

(あわわわわ、教室でこんなことやあんなことが……)

(やばっ、レオンさんの目がいっちゃってるんですけど)

(あっ、あっ、あっ、見たいけど恥ずかしい、恥ずかしいけど見ずにはいられない)

(そらオペラ上がりまくるわな。私らも次の振り忘れそうやで)

全員が総ガン見状態のなか、振り起こしと振り固めが行われ、ほとんど格闘技のような激しい動きにラブシーンとしての感情を載せなくてはならず、レオンとみずかは汗と涙と鼻水にまみれていた。レオンが攻めれば攻めるほどみずかは腰砕け状態になっていき、どうしたらいいかわからなくて放心状態に陥っていくのが最下級生にまで伝わった。

レオンはレオンで、月組の何をやってもどーんと受け止めてくれた強い上級生娘役さんや、花組のどんなに無茶をしてもひたむきについてきてくれた下級生娘役さんたちに比べて、明らかに物足りず、もどかしさを感じているのも全員に伝わってきた。星娘ってこんなもんなの？　という言葉が顔に書いてあるかのようだった。

「もう、ちゃんとやって！　うちらが恥ずかしがってたらお客様が恥ずかしいんや」

レオンが珍しく声を荒げてみんなの前でみずかを怒鳴った。

「はい、すみません！」

「ただの段取りで芝居すんな！　心がこもってない！」

「申し訳ありません！」

「役に対して自分のすべてをさらけ出す必死さがないんだよ！」

「すみません……」

「自分が心を開かないとお客様は入ってこれないんだよ！」

「はい」

　みずかは懸命に涙をこらえていたが、とうとうその大きな瞳から涙が決壊した。宝塚一、相手役にやさしいと言われるレオンが演出家の前で、演出家をさしおいて相手役を怒鳴るのには何かわけがあるはずだ、とジェリコは思った。みんなの前で感情を爆発させ、涙を流させるのは、いまだ宙組と馴染んでいないみずかの心を少しでも解放してやりたいと思ってのことなのではないか。宙組で最も愛されていた娘役二人を追い出してトップとして落下傘してきたみずかが、多少なりともいじめられていないはずはない。いじめとは言えないまでも、みずかを快く思っていない人間がいることは確かだろう。

レオンはそれを懸念して、わざと自分が憎まれ役という楯になってみずかを守ろうとしているのではないか。ジェリコはそう思った。

(わ……レオンさんがみずかちゃん泣かした……)

宙組生たちは凍り付いた。と、そこへ演出家が緊迫した空気を和らげるように、

「ほな、カンパネルラの涙が乾くまで十分休憩」

と助け船を出した。

「うわあ、センセ、うまいこと言うわあ。座布団一枚!」

とまろ姐組長がみんなを笑わせた。すぐに演出助手と振付助手がレオンのところにこまかい打ち合わせに走る。レオンはみずかを見もしないで助手の先生と向き合っている。みずかの同期たちがみずかに駆け寄ったが、みずかは全速力で稽古場を出て行ってしまった。

だが十分たってもみずかは戻ってこなかった。演出家は稽古を止め、黙ってみずかを待った。十五分……二十分……まだみずかは戻ってこない。

「先生、トイレでも見てきましょうか」

と助手が声をかけたが、

「ほっとけ」

と言い捨てて演出家は待ち続けた。誰も何も言わず、前のシーンが止まったときのまま、稽古を止めてみずかが戻ってくるのを待っていた。静まり返った稽古場に、演出家

が台本をめくる音だけが静かに響き渡った。三十八分後、みずかはようやく稽古場に姿をあらわした。眼が真っ赤に腫れていたが、涙は止まっていた。

「遅れて申し訳ありませんでした」

演出家は何事もなかったかのように稽古を再開した。レオンもみんなもまったく同じように稽古に戻った。たった今、十分間の休憩が終わったかのように。

それからのみずかは何かが吹っ切れたように全力でレオンにぶつかってきた。娘役としてのおしゃれをかまう余裕もなく、いつもなら凝った編み込みで稽古場にあらわれるのだが、ひっつめで、ほとんどメイクもせずすっぴんのままだった。追い詰められて、落ちるところまで落ちて、なりふりかまわず、真剣勝負に挑む武士のような顔つきでレオンの前に立っていた。男前だった。ぐっときた。だがレオンはまだまだ甘い顔を見せるわけにはいかなかった。演出家に、

「まだちょっと硬いなあ。この女心がわからんかなあ。みずかー、おまえはバージンか？　街に出て誰かと恋をして捨てられてこいや。そしたらこの女心わかるようになるやろ」

と言われても、笑って返せるだけの余裕が生まれていた。この先生がこういうことを言うときは、満更でもないと思っているときだった。芝居は確実に良い方向に進んでいて、課題のラブシーンも少しずつよくなってきた。宙組生たちは着実にみずかの努力と

変化を受け入れ、この子を盛り立てなくては、という気運が娘役たちのあいだにも高まりつつあった。

「みずかちゃん、頑張ってるじゃないですか。もうそろそろ鬼になるのやめたらどうですか？」

稽古も中盤にさしかかった頃、ジェリコがレオンに声をかけた。

「みずかちゃん、稽古場でレオンさんの歌を毎日録音して、寝る前と朝に聴いてるみたいですよ」

「えっ、ほんと？」

「それにみずかちゃん、めっちゃ可愛いじゃないですか。一日中見ててもずっと萌えられるって宙男たちはみんな言ってますよ」

「それは認める」

「キュンキュンする動作や仕草を天然でしますからね。あの可愛さは一般人には理解できないレベルですよ。彼女ならきっと大丈夫ですから、もういいかげん本能のまま生きられたらいかがですか」

「なんやねん、それ」

「鬼からジェントルマンに戻って、レオンさんの伝家の宝刀である包容力でつつんであげてはいかがかと」

レオンにしても、自分のスパルタに必死でついてくるみずかのことは愛しくてならなかった。だがこの作品に限っては舞台での新鮮な恋愛感情を保つために、普段からあまりベタベタしないほうがいいだろうと思った。それにトップという立場になった以上、相手役を特別扱いするのではなく、宙組の娘役全員と平等に接しなければならないと考えていた。それなのに、である。荒通しから本通しをする頃になると、娘役たちはアクセサリーや髪飾りを手作りするのに余念がない。レオンはつい、みずかが作業しているところをじっと見つめてしまうのだ。

「あの……何か御用でしょうか？」

「ううん、なんでもないの。私、娘役さんが髪飾りを手作りしてるのを見るのが大好きなんだ」

「恥ずかしいので、見ないでください。緊張して先に進めません。舞台稽古までにこれ仕上げないと、あと三個もあるんです」

「そっか、邪魔してごめんね」

ジェリコがニヤニヤしてそんなやり取りを見ている。

「みずかちゃん、嬉しそうでしたね。やっとレオンさんの本領発揮が見られますね」

「でもな、ひとつ困ったことがあってな」

「何ですか？」

「最近みずかが毎日お弁当作ってきてくれるんや」

「へーっ、愛妻弁当、うらやましー」

「それが……言いにくいんやけど……おいしくないんや……というか……絶望的にまずいんや」

「ああー……」

「料理なんて今まで一度もしたことないんやろな。世の中にみりんとかあることも知らないのかも……」

「まあ桃源郷で育った野生児のお姫様ですからねえ。みりんは知らないかも」

「こないだなんか、たこ焼き器で作ったホットケーキくれたんやけど……一個ずつチョコで文字が書いてあってね、並べると、れおんさんだいすき、って……それがカチカチで食べられへんの」

「のろけてるんですか、まったくもう。これでいつものレオン節に戻りましたね」

「それもそうやな。相手役を正々堂々と可愛がって何が悪いんや」

「そうですよ。相手役を愛ですくすく育ててこそ、レオンさんですよ」

その言葉でレオン自身もようやく吹っ切れた。みずかがその身に纏っている鎧を、今度はこの手で取り払ってやる番だった。

併演のショーはレオンの色気をたっぷりと堪能できる熱いラテンショーである。息詰まるような芝居の稽古と並行して開放的なショーの稽古が入っていることはよい気分転換にもなり、みずかもショーの稽古になると急に生き生きとしてくるようだった。アモーレさんはショーのほうには出演されないのだが、最後ということで少しでも稽古場にいたいらしく、ニコニコとショーのお稽古を見学されていた。ノリノリの曲がかかると一緒に体を動かし、群舞が決まると歓声を上げて拍手をし、娘役たちのコーラスに涙し、レオンとみずかのデュエットダンスには真剣な眼差しを向けていた。黒燕尾の群舞は目を輝かせて、背筋を伸ばして見入っていた。そして、ええなあ、燕尾踊りたいなあ、とため息まじりにつぶやいた。

「アモさん、皆勤賞じゃないですか。出演は固辞されましたけど、やっぱりワンシーンだけでも出演されませんか？　一曲だけ歌って銀橋渡りして、餞《はなむけ》にさせてもらえませんか？　僕、アモさんの枯れたシャンソンが大好きなんですよ。どうしても諦めきれなくて……お願いしますよ」

とショーの演出を担当する大吉《だいきち》先生に懇願され、プロデューサーからも頭を下げられ、組長やレオンやジェリコからも強く説得されて、アモーレさんは一曲だけシャンソンを歌うことになった。

「せやけど、一人で銀橋渡りするのだけは勘弁してほしいわ」

「何をおっしゃいます。最後の花道じゃないですか」

「いや、私なんかよりもっと若い子に出番与えてあげて。こんなにパワフルでイケイケのショー、年寄りの出る幕やないで」

「長年アモさんの舞台を愛してこられたファンの方々が、どんなに寂しい思いをされるでしょうか。アモさんに最後の銀橋渡りもさせずに卒業させてしまったら、僕は演出家として袋叩きにされますよ」

　そこまで言われては、断るわけにはいかなかった。アモーレさんはそっとジェリコに目配せをした。アモーレさんはもう銀橋のラインが見えないのだ。明るいピンスポットが当たっても、足元は暗い客席とまじりあって、ゆるいカーブを認識できないのだ。四十年間も慣れ親しんだ銀橋だから目を瞑っていても渡れそうなものだが、銀橋はあまりにも客席と近すぎる。万一客席に落ちたりしたら、お客様にぶつかって怪我をさせることになりはしないか。アモーレさんはそれをおそれているのだとジェリコは察した。

　稽古のあとでジェリコは大吉先生に時間を作ってもらい、アモーレさんの視力について打ち明けなければならなかった。大吉先生はショックを受け、頭を抱えた。

「そうか……そういうことか……僕は無神経なことを言ってしまったな」

「先生、先導役として私がアモーレさんの先に立ち、引き立て役になりつつ、コーラスで参加するというのはどうでしょう？　あくまで主役はアモーレさんとわかるように、照明はアモーレさんのおこぼれでいいですから」

「ああ、それはいい考えだな。きみひとりだと不自然だから、もうひとりコーラスをつけて、前後でアモさんを挟むようにすれば、より引き立て役っぽくなるんじゃないか」

「そうですね。アモーレさんの足元がふらつかれたら二人でそっと腕を取って誘導もできますし」

「ジェリコは長年の弟子だから適任者として、もう一人は誰がいいかな」

「トップさんにお願いするのはまずいですかね？　レオンさんにやってもらったら何よりも華を添えることになりますし、アモーレさんも喜んでくれると思うんですが」

「うん、それがいい。レオンなら喜んで引き受けてくれるだろう」

もちろんレオンは二つ返事で引き受け、アモーレさんの花道を飾るお手伝いができて光栄だと言った。トップはいついかなるときでも真ん中に立って最も強いライトを浴びる立場にあるので、普通ならこのような引き立て役に甘んじてライトのおこぼれしか浴びないなどということはありえない。だがアモーレさんの宝塚への長年の功績を考えれば、理事長ですら異を唱えたりはできなかった。愛河凜は宝塚の至宝ですからね、とだけ言ってその案を支持した。

「そういえば理事長はアモさんと同期入団だそうですね」

歌劇団広報部からスタートし、鉄道畑・ホテル畑と阪急王国の華やかなエリートコースを渡り歩いて、今また歌劇団理事長として劇団に戻ってきた男は、

「ええ。この前まで装置のケンちゃんがいたんですけど体壊してやめてしまいましたからね。今や私がアモさんの唯一の同期です。千秋楽のお花渡しをしたいくらいですよ」

と懐かしそうに言った。

「やられたらいかがですか」

と彼から見たらまだ若い演出家が茶化すと、

「理事長といえども、男があの舞台に上がれるわけないでしょう」

と悔しそうに笑った。宝塚の千秋楽には退団者のセレモニーがあり、黒紋付きと緑の袴の正装で大階段を降りてきてお客様にご挨拶をするときに、組からと同期からのお花が渡される。組内に同期が一人も残っていない場合は他組から駆け付け、全員がやめてしまっている場合は退団した同期が駆け付ける。アモーレさんの同期は専科にもすでにいないから、退団した方が駆け付けることになる。その人選の調整が水面下で進んでいるはずだ。アモーレさんの期は黄金の期と言われ、トップスターを二人、トップ娘役も三人輩出しているから、その中の誰かが選ばれるだろうと言われていた。

チケットは順調に売れていた。新トップお披露目、名作の十年振りの再演、かつて新公主演した作品でのトップ凱旋、そして専科イコール愛河凜と言われるほどの宝塚を代表する芸達者のサヨナラ公演というさまざまな話題性に富んだ公演が、いよいよ初日の幕を開けた。初日の当日立ち見券を求める列は宝塚駅前のロッテリアまで続いた。

## 6

宙組にとっては久々の恋愛ものとショーの二本立てであり、そのうえチケット完売で立ち見続出ということで、活気が漲り、みんな乗りに乗っていた。

「いやあ、楽しいなァ。前回みたいな一本ものの駄作に当たってみ、そら悲惨なもんやで。妖怪ファンタジーよりオペラ上がりまくりの恋愛ドラマのほうがそらタカラジェンヌは燃えまっせ」

楽屋の幹部部屋でまろ姐組長が相変わらず毒舌を爆発させている。

「姐さん、声でかいから筒抜けですよ」

と大部屋から囁かれても、

「あはは、かまへんわ。本当のことやし。生徒は作品選ばれへんもんな」

とどこ吹く風だ。何しろこの組は立て続けに駄作に次ぐ駄作の嵐を迎え撃ってきたのだ。組長自身がこういう本音をずばりと言ってくれるのが宙組生たちにとってはいいガス抜きになっている。

「初日の客席、すごかったですよね。お客様がみんな前のめりになって瞬きをしていなかったですもん」

「パレードでレオンが大羽根背負って出てきた瞬間のあのどよめきとため息と地鳴りのような拍手といったら……みんな待ってたんやなあ、この人がトップになるのをほんまに待ってはったんやなあって、こっちまで涙ぐみそうになったわ」

「あのときのレオンさんは、覚悟が体から発光しているようでしたね」

まさか自分が泣くとは思ってもいなかったが、初日のご挨拶でレオンは見事に泣いてしまった。これまでその瞬間のことは何度も何度もイメージし、案外自分はけろりとしているかと思っていたのに、客席で感極まっている人の顔、顔、顔を見たら、こみ上げてくるものを抑えることはできなかった。銀橋まで来ると、一階席の半分くらいは顔までよく見えるのだ。同期の顔もたくさんあった。かつて花組で薔薇木涼とコンビを組み、トップ娘役を二作だけ務めて退団したのび太こと野火《のび》ほたるが号泣しているのを見たときはもう駄目かと思った。まさか自分の感情があそこまで動かされ、一瞬理性が吹き飛んで、グダグダに崩壊しそうになるのをどうすることもできなかった。

「私は、いろいろな組をまわってこの宙組にまいりました。月組でかけがえのない下級生時代を過ごさせていただき、花組で中堅男役として実りあるときを過ごさせていただき、そしてここ宙組で男役の集大成としてこの羽根を背負わせていただけますこと、これから相手役の早桃とこの仲間たちとともに作品を作らせていただけますこと、心から幸せに思っております」

　客席で見つめてくれている月組や花組の仲間たちに向けてそう言ったとき、こらえきれずに嗚咽が漏れた。その瞬間、客席からも啜り泣くような声があちこちから聞こえてきた。

「レオン、日本一！」

「待ってたよ！」

　という掛け声をファンの方たちがしてくれて、どうしようもなく胸が熱くなった。

「ありがとうございます……生まれ変わってもまた男役になりたいと思うほど、私はこの仕事を心の底から愛しています。いや、まだ生きてるんですけどね……私には重すぎる羽根ですが、この羽根に恥じぬ主演男役になれますよう、心を込めて、命を懸けて、全身全霊で精進してまいります。ジョバンニのように美しい薔薇を皆さまのお心にお届けできますよう、相手役の早桃と手に手を取って、何があっても互いを信じて、粉骨砕身務めてまいりたいと思っております。皆さま、今後とも宙組をどうぞよろしくお願いいたします。本日は本当にありがとうございました！」

そう言ってお辞儀をしたとき、あまりの重さに前転しそうになったが、万雷の拍手とはこういうことをいうのかというすさまじい拍手と熱気が全身に降り注いで体の中を貫いていき、そのおかげでどうにかよろけずに踏ん張ることができた。きっとこれから毎日自分はこの拍手に助けられてこの羽根を背負っていくのだろうとレオンは思った。そうでなければ、二十キロの羽根はとても背負いきれるものではない。五十分のショーのあいだ早変わりの連続で休む間もなく踊りまくり、歌いまくり、疲労がピークに達するフィナーレでこの重さを背負わせてくれるのは自分の力ではなくお客様の力なのだ。何か奇跡のようなことが起こって踏ん張れているとしか思えない。

最初のカーテンコールで、レオンは再び相手役を立てる挨拶をした。

「じゃあみずかも何か一言、ご挨拶してみようか？」

「はい。ふつつか者ではございますが、精一杯レオンさんについて参りたいと思います。

よろしくお願いいたします！」

「えー、新郎新婦のご挨拶でございました」

と組長が客席を爆笑の渦に包み込んだ。

三回目のカーテンコールでスタンディングオベーションになった。

「ああ……あああ……そんなにやさしくされるともう私は壊れてしまいます……」

感極まって落涙するレオンにみずかがそっとハンカチを出して顔の涙を拭いてやると、

「新郎新婦初めての共同作業、ケーキカットでございます！」

とさらに組長が煽って、泣き笑いのカーテンコールはようやく終わった。

お披露目の初日を終えると、舞台袖に月組と花組の上級生の方たちが待ってくれていた。その姿を見ただけでレオンはまた手放しで号泣した。

「おめでとう！　よかったよ！」

「でもレオン、お披露目の挨拶なのになんか退団の挨拶みたいやったで」

その後ろには同期と下級生たちもいる。月組のナッツや、花組のバラキさんの顔もあった。二人とも今やそれぞれの組のトップで超多忙だというのに駆け付けてくれたことが嬉しくて有り難くて、言葉にならない。

「バラキさん、東京公演中やないですか。貴重な休演日潰してまで来てくれはったんですか？」

「奇跡的に休演日でよかったよ。のび太と一緒にどうしてもお祝いしたかったから」

「ううう……ありがとうございます……」

「よく落下傘であそこまで組をまとめたね。でもレオンとみずかちゃんなら、もっともっとよくなると思う」

「はい、わかっております。そしてナッツ、あんた全国ツアー中やろ？」

「ちょうど移動日だったんで、静岡から新幹線で参上いたしました。レオンさんのお披露目には何をおいても駆け付けないと」

「そんな無理してくれて、ありがとう」

「レオンさんこそ、私のお披露目に博多からとんぼ返りで駆け付けてくださったじゃないですか」

「ああ、そうね」

「あの作品がまたレオンさんのジョバンニで観られるとは、感無量です。しかし相変わらずラブシーンがお上手で……というかさらに磨きがかかって……勉強になります。あのラブシーンの型はパッパさんのを完全に踏襲されてるんですよね？」

「うん。パッパさんにも観ていただきたかったな」

「パッパさんといえば、ちょっと気になる話を小耳に挟んだんですけど……」

「えっ、何？」

「実は……」

するとそこに同行していた月組下級生が話に割って入り、ナッツさんそろそろお時間です、と時計を見せた。

「あ、もう伊丹行かないと。最終の飛行機で新潟まで飛ばないといけないんですよ」

ナッツは急いで帽子とサングラスをかけた。

「ちょっと、何それめっちゃ気になるやんか。パッパさんがどうしたって？」

「また今度ゆっくり話しましょう。今日はこれで失礼します。お披露目初日おめでとうございました。千秋楽まで頑張ってくださいね」

ナッツはそれだけ言うと、他の月組全ツメンバーを引き連れて、慌ただしく楽屋を出て行ってしまった。あらナッツ、おうナッツ、とあちこちで声がかかり、足止めを食うたびにお付きの下級生が、飛行機が、とか、最終の、とか言って突破を図っていた。話の続きが気になって気になってレオンが茫然と立ち尽くしていると、泣き腫らした顔をくしゃくしゃにしてほたるがレオンの胸に飛び込んできた。

「のび太、何て顔してんの。体じゅうの水分出し尽くしたみたいな顔して」

「だって、大羽根背負ったレオンがもう神々しすぎて……ファンの人の気持ちがわかりすぎて……自分まで何か叶えられたような気持ちっていうか」

「自分だってトップ娘役だったくせに」

「そうなんだけどね、同期のあの姿はやっぱり特別なのよ。歩いてきた道知ってるから。レオンがトップとして銀橋渡るだけで同期はもうみんな母のごとく泣いてたもの」

「みずかはどうだった？」

「レオンにすごく合ってるんじゃないかな。芝居の相性が最高だったよ。ダンスも息が合ってたし、よくぞ彼女をレオンのお嫁さんにしてくれたって、上の方にお礼言いたいくらい。いいお嫁さん貰って、よかったね」

レオンが最も信頼する娘役さんにそう言ってもらえて、レオンは心からほっとした。しかしその日から、レオンはナッツの言いかけたことが頭の隅に取り憑いて離れなくなった。全国ツアーが終わるまでナッツとは連絡が取れないだろう。全国ツアーが終わればすぐに大劇場公演のお稽古がはじまる。その頃自分は東京公演中だ。次に会えるのは年末のタカラヅカスペシャルだろうか。それほどタカラジェンヌのスケジュールは二年先、三年先までぎっしりと詰まっているのである。いやとてもタカスペまでは待てない。いずれ必ずどこかでつかまえてやる。レオンはそう決心して、スケジュール帳の隙間を探しはじめた。

連日大入り満員の劇場で、下級生たちが生き生きとしているのを見るのはレオンも何より嬉しかった。トップになると、お客様が劇場に入って、みんなが元気でいてくれるだけで幸せなのだということがしみじみとよくわかった。そして一番大切なのはみんなに心配をかけないことだった。いつも元気で笑っていることをこれまで以上に心がけるようになった。

袖ではレオンのたらしテクニックを盗もうと下級生男役たちが鈴なりになり、みずかの神がかり的な芝居を見ようと娘役たちが目を凝らしていた。二人の新トップはこれまで宙組にいなかったタイプで、二人の体当たり演技が組に新風を吹き込んでいるのは間違いなかった。そしてショーになると袖の下級生たちはメモを片手にキャーキャー興奮して騒ぎまくった。

「レオンさん、銀橋一回渡るたびに三十回くらいウインクしてません？　なんであんなにバチッと音が出るウインクができるんだろう」

「今の見た？　あの焼き印を押すかのようなウインク！　芸術やわー」

「レオンさんな、私がネイル変えるとすぐに気づいてネイル変えたね、かわいいねって言ってくれるんや。チャラいで。花男やで」

「早変わりで走りながらネクタイほどいてる姿に萌える！」

「レオンさんって、指揮者の先生に音のきっかけ出すときにもウインク使ってますよね」

「壁ドン、からの腰を引き寄せてからの顎クイ、からの八小節分のキスがもう……尊いっす。ええもん見せてもらってます」

「銀橋渡りきって花道付け根で振り返る二階席目線が神ってます」

「開襟シャツがこれほど似合う方がいますか？　いやもう、たぎるたぎる！」

「髪を撫でながら口を半開きにしてウインクするところ、キュン死寸前です。たまらんです」

「花組仕込みの腰振り、すぐ目の前でやられると破壊力ハンパないっすね」

「野獣や……オオララアララーイ！　ってあの掛け声……野獣やで……」

「稽古場ではどんだけ猫かぶってたんですか。レオンさんの辞書にすみれコードないんちゃう？　てか、あれほとんど犯罪ちゃう？　淫行罪すれすれちゃう？」

「楽屋入りのとき寝癖ついてるのがもはやエロくてかわいい。私らただのヅカオタかよ」

いつしかレオンは宙組生たちから「色気先輩」「半開き先生」という敬称をつけられるようになった。男役はショーのダンスでキメるとき、アァ、とか、ハッ、とか、ホァゥッ、とか、アーイ、とか、ンンンッ、とか、ウゥ、とか、バーン、とか、ッウォァーイ、とか、吐息まじりのセクシーな掛け声をかけるのだが、そのバリエーションを二百通りは持っていると言われた如月すみれから少なくとも百五十種類は盗み、あとは本能のままに叫んでいるうちに、レオン流の技を高めてきた。最大の強みである濡れるような甘い声にこの色彩豊かな掛け声と一撃必殺のウインクがくわわれば、女性たちは我知らず理性のタガを外されて、自分でも何がどうなっているのかわけのわからぬままにこの色男の軍門にくだるほかはないのである。

　みずかが本番でやらかすタイプだと判明したのは、初日が開けてから数日後のことだった。

　ショーの燕尾のあとのデュエットダンスでは、男役たちがはけたあとで一人大階段に板付きになってレオンのセリ上がりを待つという定番の流れになっているのだが、ある日のこと、その大階段で板付いているべきみずかがいない。指揮者も照明もあれっと思ったが、予定通りの音を振り、予定通りのピンスポを当てた。舞台袖にいる進行さんは青ざめてインナーマイクに指示を出す。

「やばい、みずかがおらん。誰か探せ」

「どないしたんや……出遅れか？」

曲はどんどん流れていき、一号ゼリからレオンが優雅にセリ上がってきた。だが階段上で自分を待ってくれているはずの相手役はどこにもいない。レオンは頬が引き攣ったが笑みを顔に張り付けたまま、一人で踊りはじめた。袖にいるみんなも異常事態に気づいて、みずかおらん、みずかどうしたと騒ぎはじめている。と、そこへ満面の笑みを浮かべたみずかが何事もなかったかのように袖からダッシュしてきて舞台にあらわれ、レオンと合流して踊りはじめた。あまりに堂々としていて焦っている様子はかけらもなく、初めて観た客にはそういう振りなのかと思わせる自然さで、見事に出遅れをカバーしていた。ああ出遅れたんだな、とレオンは思い、窘《たしな》めるように軽くウインクを送った。すみませーん、というようにみずかがウインクを返してきた。

「デュエットのシーン、出遅れして大階段板付きできませんでした。申し訳ありませんでしたッ！」

終演後、幹部部屋にみずかが三つ指ついて謝りに来た。

「いやー、今日はソロで踊るんかなと思ったよ。途中から間に合ってほんまによかった。

でもあの大階段板付きのポージングはカマちゃん渾身の振りだから、カマちゃん泣いてると思う」

「鴨沢先生にも指揮の佐々木先生にも照明部さんにも進行部さんにもお詫び行脚してまいります！」

「行っといで」

次はフィナーレのパレードのときに起こった。出演者たちがシャンシャンを持って大階段を降りてきて舞台上に並び、最後にトップスターをお迎えするクライマックスのところである。下級生たちから順に歌いながら降りてきて客席に一礼して定位置につき、三番手、二番手、トップ娘役、そして最後にトップのレオンが大羽根を背負って降りてくるという流れになっている。レオンが登場するときはちょうどみずかがセンターで歌っているときで、レオンがトップの定位置である下から十段目で立ち止まり、ピンスポットを浴びて歌い出すのを全員でシャンシャンを掲げて麗しく見つめながらお迎えするのだが、みずかがお辞儀をして定位置につくタイミングがつねにぎりぎりで、みずかはいつも定位置まで走っていた。早く位置についてレオンさんを誰よりもとびきりの笑顔でお迎えせねば、と焦るあまり、セリ線に躓《つまず》いて派手にこけてしまったのである。シャンシャンをつかんだまま、見事な大の字に倒れた。主題歌のイントロが流れ、レオンが歌い出そうとしたその瞬間、ぎゃあぁぁぁぁぁ、という可愛い悲鳴がきれいにマイクインした。

客席も舞台に居並んでいる組子たちも大爆笑になり、レオンまでが大笑いしながら階段を降りてきた。指揮者の佐々木先生の肩もふるえていた。まさにこれ以上ないタイミングで、これ以上ないこけ方だった。

「本日はフィナーレでこけてしまい、申し訳ありませんでしたッ！」

「ある意味めったに見れん珍しいもんが見れて、お客様は大満足やったと思うわ」

と組長が言うと、

「これから何かつらいことがあったら、今日のみずかの姿を思い出して乗り切ることにするわ」

ときよし副組長も言った。

「激写したかったなあ、あれだけは」

「全員本番中の舞台上やから無理やな」

「それでもあの姿は永遠に我らの記憶に残るであろうよ」

「袖から進行さんが奇跡の一枚激写したらしいよ！ジェリコがゲットしたって」

その画像は宙組組子ＬＩＮＥで流され、みんなの癒しになった。

「しかしみずかちゃんは本番でいろいろやらかすなあ。まさにスーパーな娘役だなあ」

ほかにもやらかした話はいくらでもある。

マリアを襲うとき、マリア役の子の衣装のボタンに鬘《かつら》が絡まってしまい、抵抗されて組んずほぐれつとなり、血を飲み干したあと首を上げたら鬘が取れてベージュのネット姿になっていた。燭台を持って板付いているはずが、なぜか懐中電灯を持って板付いていた。ドレスの中で輪っかが八の字になって歩けなくなり、アモーレさんに手を引いてもらって滑りはけた。髪飾りをつけるのを忘れて素だんごで舞台に出てしまった。出遅れならぬ出早をしてしまい、袖に入るに入れず、舞台後方で即興ダンスを繰り広げた。ダンスシーンで靴のヒールが折れてしまい、舞台に忘れてきて、「ヒール落ちてます」「ヒール落ちてます」と袖じゅうが伝言ゲームのようになった。芝居で泣きすぎてコンタクトレンズを両目とも流してしまい、レオンに手をつないでもらってはけた。セリフを丸々二ページ半飛ばしたが、何事もなかったようにレオンが続けてくれて、飛ばしたページに登場する役の人が出るに出られなくなった――。等々、枚挙にいとまがない。

終演後、レオンは必ず楽屋に帰る前にモニタールームでその日の公演をチェックする。楽屋ですみれキッチンからテイクアウトしたごはんを食べているとみずかが幹部部屋に来て、今日はどうだったか話し合う。どんなに疲れていても、終演後に取材や撮影が入っていても、本日の反省会議だけは欠かさない。

「今日のあのシーンは私が悪かったね。すみませんでした」

とレオンが恭しくみずかに飲み物を差し出すこともある。でもアドバイスした下級生たちがひっきりなしに、あそこどうでしたか、よくなってましたか、と訊きに来たり、新人公演でレオンの役をする研四のあわじくんが質問をどっさり持って訪ねてきたりするので、楽屋のお風呂に入るのはいつも一番あとになってしまう。あわじくんはみずかの同期で、これが新公初主演となる。

「失礼いたします。お疲れのところすみません。ひとつだけ質問よろしいでしょうか？」

と言いながら最低十個は質問していく、やる気とガッツのある可愛い下級生だ。香盤発表の時の最初の挨拶に来たとき、

「自分、これまでマフィアとか亡霊とかの役ばっかりで、一度もまともにラブシーンしたことないんですけど……あのう、包容力とは何でしょうか？」

といきなり訊いてきたのがレオンの印象に残っている。

「うーん……人間力かなあ」

人間力、と彼はメモし、

「うーん……うーん……あのう、人間力とは何でしょうか？」

とさらに訊いてきた。

「それくらい自分で考えろ。研四でトップやってるみずかみたいな子もいるのに。そんな質問すること自体恥ずかしくない？」

「はっ、すみません。今までマフィアとか亡霊とかの役ばっかりで、そういうこと考えたことすらありませんでした」

確かに彼が組配属になってからの宙組ラインナップを見る限り、亡霊とか妖怪とか宇宙人とかの役作りしかしてこなかったのかもしれない。レオンはそんな環境下で男役修業をスタートさせなくてはならなかった宙組下級生陣が急に不憫になってきた。彼らに

比べ、自分には如月すみれという最高のお手本があってとても恵まれていた。彼らは自分みたいな色気放出タイプが珍しくて仕方ないのだろう。自分が男役スタンダードであることを早くわからせてあげたいと思った。

「マフィアかて人間やろ。男やろ。どんな男にも愛する女がいるはずや。この女だけは守りたい、こいつだけは幸せにしてやりたい、それが包容力や」

「はああ、なるほど。そうなんですねえ」

あわじくんはメモ魔だった。レオンの言葉を一言一句逃さぬように書きつけた。レオンは新公世代の若手を集め、檄《げき》を飛ばした。

「きみたちには意識改革が必要やな。これまでの宙組のことは全部忘れなさい。男役は苦悩し、キザる。美しく苦悩し、そしてキザる。歌いながら踊りながら眉間に皺を立てて苦悩し、どこまでもキザる。私がきみたちに男役の何たるかをすべて教え直してやる。これまできみたちが見てきた妖怪、亡霊、宇宙人たちはすべて頭の中から消去するように。いいか、男役とは腰を振り、ウインクを飛ばし、流し目で射抜いて、一回につき十人釣り上げる任務がある。一曲分歌い踊るあいだに最低三十回はウインクするんや。右でも左でも自由自在にできなあかん。だがやみくもに無駄撃ちしてはならん。的確に獲物を定めて、相手の目を見て、いただきますよと目で予告してハートをかっさらってゆけ。男役の使命とはこれすなわち色気の研究に尽きるのだ。色気色気色気、その獲得と放出に命を懸けろ！」

「はい、色気先輩、半開き先生！」

「よいか諸君、男役とはこの世に実在しない理想の男性像である。男役は裏切らない。男役は色褪せない。男役は決して乙女心を踏みにじらない。世の女性たちに束の間つらい現実を忘れさせ、夢を見ていただき、萌えを与えて帰っていただく。萌えあればこそ人はまた一週間、お仕事や子育てをがんばれる。我々宝塚歌劇団が百年間も潰れずに繁栄してきたのは、萌えが文化だと認識してその提供に全力をかけてきたからだ。日々のささやかな暮らしに潤いとときめきを与えるもの、それこそが萌えなのだ。我々はみな、誰かのご贔屓になって愛でられねばならない。世のご婦人方に胸キュンを与えるためだけに男役は存在する。スターはオペラ越しに殺してナンボ、その積み重ねが男役芸となり、我々の歩いた道が男役道となる。舞台とは我々の生命力そのものだ。キザればキザるほど生きる力が湧いてくる。萌えれば萌えるほど人生は楽しくなる。我々とお客様は、銀橋をまたいで同じ生きる喜びを共有し、ひとつにつながっているんだ！」

「はい、色気先輩、半開き先生！」

「あわじくん、まずはきみを一人前の男役として鍛え上げる。私の一挙手一投足をストーカーのごとくロックオンしろ！」

「はいっ！」

「芸とは模倣なり。舐めるように私を見ろ。私に恋をして私のようになりたいと思ってすべてを盗め。愛だけが人を成長させる。みんなそうして男役を磨いてきたんだ。私が今日からおまえの神だ。わかったか？」

「はい、わかりました！」

真面目で研究熱心なあわじくんは同期のみずかからレオン情報を漏らさず収集していた。好きな食べ物は何か。ウインクの利き眼はどちらか。行きつけのマッサージ店はどこか。どこの美容院にかよっているか。好きなお洋服のブランドはどこか。最も影響を受けた先輩はどなたか。

「でもあわじぃ、レオンさんの肝心なことは私何も教えてあげられないや。一番近くにいるけど遠い背中なのよね。レオンさんは毎日黙々とひとりで高みを目指されてて、私も同じ高みまで行かなきゃいけないんだけど、十年分の学年差じゃどうにもならないことばかりで……お邪魔にならないようにするのが精一杯なの。きっと物足りないだろうに、そんなことおくびにも出さなくて、それでもスパルタで鍛えてくれるレオンさんが有り難くて申し訳なくて……」

「そんなふうには見えないよ。みずかのこと、心から尊敬できる下級生で、全面的に信頼できる相手役だって『歌劇』誌のインタビューで仰ってたよ。それに五組のなかで一番のラブラブコンビって言われてるじゃん」

「私がレオンさんのファンすぎるのがいけないのかな。私が世界で一番レオンさんのファンだっていう自覚あるもん」

「みずかは天然なのがいいんだから、今のままでいいと思うよ」

「力になれなくてごめんね。レオンさんの芸のことだったら、ジェリコさんに訊くのが一番詳しいと思う。あの二人は音校時代の分担さんだったらしいし、月組時代もご一緒に宴会大王としてコンビを組んでいらしたそうだから」

　あわじくんはレオン本人に訊きにくいこと、とりわけ相手役さんとのコミュニケーションの取り方についてジェリコに尋ねた。

「あのう……大変訊きにくいことなんですが、レオンさんには娘役喰いという代名詞がついていらっしゃるじゃないですか」

「ああ、うん、そうだね。間違いないわ」

「それはあの、いつからで、本当にその、あの、娘役さんたちとそういうことを、なさっておられたのでしょうか？」

「もうね、研一のときからだったと思うよ。だってレオンさんってやさしいじゃん。相手役さんにとことんやさしいんだよ。だからね、娘役さんのほうから惚れちゃうの。たぶんレオンさんってね、据え膳食わないのは男がすたる、っていう哲学の持ち主じゃないかな。いや本当のとこはわかんないけど。娘役さんだけじゃなくて、男役さんとも、男性の彼氏ともつきあってたみたいだし。でもねそれって、結局全部芸のこやしなんだと思うんだよね。誰と誰と誰に手を出してつきあってたかは知らない。なんとなくわかるけどね。そういうのってさ、舞台見てると何となくわかるよ」

「男役として成長するにはたくさんの方とおつきあいするべきなのでしょうか？」

「まあそれは人それぞれだから。レオンさんと同じことしたって同じ芸風が身につくとは限らないよ。あの人だからこそ許される奔放さっていうこともあるし」

「レオンさんはおっしゃいました。私を見ろ、私に恋をしろ、愛だけが人を成長させるって」

ジェリコは思わず吹き出した。

「その言葉はね、如月すみれさんに昔レオンさん自身が言われたんだよ。初めて新公でパッパさんのお役がついたときに。ふふ、レオンさん、名言の使い回ししてるな」

「レオンさんのこと調べていますと、如月さんのお名前がたびたび出てくるんです。一番影響を受けた先輩だということはわかるのですが……」

「そんなレベルじゃない。レオンさんはパッパさんのことを、魂レベルで愛してた」

なぜか知らず語気が強くなった。あわじくんが怒られたのかとびくっとしたので、ジェリコは慌てて笑顔を浮かべなければならなかった。近頃の若い子はハートが豆腐のように柔らかすぎて、怒り方を考えないとすぐにやめてしまう、とある演出家の先生も嘆いていたな、と思い出した。

「愛してたというか、お慕いしていたというか、崇拝していたというか……それはもういまだに妬けるくらいにパッパさんの影を追いかけてる。パッパさんがあの人のすべてを作った。やめてからもう十年近くにもなるのに、今でもレオンさんの道徳律はパッパさんのままなんだよね」

「あのう……道徳律とはどういうことでしょうか？」

「こんな芝居をしたらパッパさんに怒られないか、こんな振る舞いをしたらパッパさんに恥ずかしくないか、ここまで頑張ったらパッパさんは褒めてくださるだろうか……そういうことを常に自分に問いかけてるってこと」

「はああ、なるほど、そういうことなんですねえ」

あわじくんは道徳律、という難しい言葉をメモしながら、ジェリコさんは大学教授のお嬢さんだけあってさすがにインテリだわ、と感心した。

「でもそういう自分の基準になるような先輩の男役さんがいるってことは、幸せなことかもしれないね」

「ジェリコさんにとっての、アモーレさんのような？」

「ふふっ、わかる？」

「お二人の師弟関係はとても麗しく、みんなの憧れです」

「ありがとう」

「レオンさんのご家族のことは何かご存知ですか？」

「レオンさんのお父さんって外国航路の船長さんで、世界中のあちこちの港に女がいて、それぞれに家庭を持ってた人なんだって。そりゃあの人のお父さんならさぞかっこいいだろうし、船長さんってただでさえもてるらしいけど、女遊びで終わらせずにちゃんと責任取って家と生活費与えて子供まで作って一生面倒見ちゃう情の厚いところがレオンさんによく似てるなあって思うんだよね。お母さんはそんなお父さんを恨んでいたみたいだけど、レオンさんはお父さんのことが大好きで、世界中に腹違いの兄弟がいることが嬉しくてたまらなかったんだって。年に二回か三回しか帰ってこなくて、たまにしかお父さんに会えないから寂しかったのかもね。それで世界中にいる七人の異母兄弟たちとは子供の頃からずっと文通してて、いつか宝塚を卒業したら彼らに会いに世界中を旅するんだって言ってたな」

「へえ……素敵なお話ですね」

「そういう人だから、あの人は。男役になるために生まれてきて、天から与えられた資質以上のものを死にもの狂いの努力で開花させて、誰にも真似できない男役像を作り上げた、本当に素敵な人だから。何よりあの包容力は師匠のパッパさん以上かもしれない。あなたはしっかり見て、恋して、ついていけばいいと思うよ。たぶんそんなに長くはいてくれないだろうから」

「はい。貴重なお話を聞かせていただき、ありがとうございました」

# 7

本役さんは新人公演の荒通し、本通し、舞台稽古、そしてもちろん本番まで見てくれる。

最初の荒通しでレオンはあわじくんに怒濤のようなダメ出しをぶつけた。

「全然駄目や。甘すぎるわ。毎日毎日楽屋に質問しに来て私の貴重な時間奪って、何してたんや。メモした段階で満足して、あとで読み返してないやろ？　そんなんやったらもうメモするな！」

「申し訳ありません。でも毎日十回はダメ出し帳読み返してます」

「それにあなた、声が嗄れてるやないの。舞台人として体のメンテナンスもできなくてどうするの。喉を潰さないよう夜濡れマスクしたり加湿器使ったりしてる？」

「すみません。すぐに濡れマスクと加湿器買います」

「声嗄らしてる段階で主役としての自覚なさすぎるわ。新公といえども主役には専属のお衣装部さんがついてくれるんだよ。あなたにその価値があるの？」

「申し訳ありません。自分にはお衣装部さんの手を煩わせる価値はありません」

「新公の主演をさせてもらうことは全然すごいことじゃない。試されてるだけなんだよ。チャンスはピンチ、ピンチはチャンスや」

「はい」

次の本通しでもレオンのダメ出しは止まらなかった。さらに具体的なダメ出しが繰り出された。

「あかんあかん……そんなんで娘役さんが寄り添えるか？　普段からもっと相手役さんに心から素敵と思ってもらえるように努力しないと」

「はい、すみません。自分には包容力が足りず……」

「芝居って役を好きにならないとできないんだよ。もっともっとジョバンニを好きになりなさい。ジョバンニの親友にならないと、役と心が通じあわないよ。ジョバンニになりきって日記をつけてみるとか、ジョバンニさんにお手紙書いてみるとか、私はやってたな。こんないい役、二度とないよ」

「アドバイスありがとうございます。日記とお手紙、書いてみます」

「感覚でなく心で演じること。役の人生があなたの人生になるくらい入り込まなきゃ」

「はい」

「薔薇園行った？　自分でも薔薇を育ててる？」

「あ……本は読んだんですけど、薔薇園にはまだ……」

「明日の休演日にすぐ行っといで。あたりいちめんに咲き乱れる薔薇の香りを胸に吸い込んで、棘に刺される痛みを感じて、刺されたときの血を舐めてみるといい。花弁に蜜を吸いに来る蜂や虫を眺めて、薔薇の種類を全部頭に叩き込んで、一日中薔薇園のなかで過ごすんや。初夏の日差しを肌に感じて、土の感触を指に感じて、雨が降ったらどんな匂いがするか、雨は花弁にどんなふうにしみこむか、五感をフルに使ってジョバンニの気持ちを想像してみるといい」

「はい。必ず行ってまいります」

「で、帰りに薔薇の鉢苗を買って、家で育てなさい。毎日水をやって、日に当てて、草を取って、花が咲くように大事に大事に育てなさい」

「はい」

舞台稽古ではあわじくんのメイクを見るなり、

「うわあ、どうしよう。えらいこっちゃ」

と叫んで全部メイクをやり直してくれ、つきっきりで衣装の着方を指導してくれた。舞台稽古を観たあとで頭を抱えながら、この下級生を何とか少しでもよくしようと必死になってくれた。

「衣装重いやろ？　主役の衣装には光り物やら凝った刺繍やらいろんな装飾がついてるから他の人のより重たいんや。後ろ向くときは肩張らないと猫背に見えるよ」

「はい」

「それと男同士の抱擁は肘を下げない」

「はい」

「なんか芝居が平板なんだよね。作品の中のピークを自分で見つけないと」

「はい」

「あとな、前に飛んでこない。真ん中に立つならもっとまわりを信じなきゃダメだよ。もっとまわりを頼りなさい」

「はい」

「ラブシーンはちょっとやりすぎかなあ。冷静と情熱両方持ってないといけないよ」

「はい」

「いろんなこといっぺんに言われて情報処理能力パンクしてると思ぅけど、言ぅべきことは言ったから。今わかってくれなくていい、いつかわかってくれたらと思って言ぅんだけど。あのね、舞台ってほんまにこわいもので、役に人生が出てしまぅのね。あなたの人生に、今それでいいのか、そんな生き方しててていいのかって、私は言ってるんだと思ぅよ」

「レオンさん……ありがとうございます……」

本番五分前のすみれの音楽が流れるまで熱く言葉をかけ続けてくれるレオンの気持ちに感激して、あわじくんはボロボロ泣き出した。

「泣くな！　メイクが崩れる！」

「す、すみません……」

「はけたら倒れるくらいまでやり切れ。死んでもいいと思ってやれ。次も主演がまわってくる保証なんかない。最初で最後の主演だと思って悔いなくやり切れ」

はい、と言おうとした瞬間、レオンはあわじくんをそっと抱きしめた。うなじから香水のいい香りがした。これはこの公演でつけるためにアンティークローズの香りをベースにして調香師に特別に作らせた「貴婦人の一生」という名のオリジナル香水だ。レオンはいつも公演ごとに役のイメージする香りを作らせている。胸がいっぱいになったあわじくんに、レオンはその香水を振りかけ、とどめのウインクを送って、爽やかに客席へ出て行った。

「あー、あわじぃ、今落ちたね？　たった今レオンさんに落ちたでしょ？」

新公にチョイ役で出演しているみずかは、楽屋でのこの抱擁シーンを目撃して、目の色を変えて飛んできた。

「何を今さら。私ならとっくに落ちてるわ」

「レオンさんは私のものだからね。私だけの」

「宙娘全員、そう思ってると思うよ」

だが本番が終わって楽屋に戻ると、レオンの姿はどこにもなかった。詳しく感想をきこうと思っていたあわじくんは楽屋じゅうをくまなく探し回ったが、見つけることはできなかった。

「レオンさんは？　レオンさん見ませんでしたか？」

ジェリコに尋ねると、

「レオンさんならもう帰られたよ。一度楽屋には寄られたんだけど、何か大事な用があるとかで超ダッシュで。あわじくんによろしくってさ」

と言われ、あわじくんは脱力して座り込んでしまった。

「私のこと、何か仰っていましたか？」

「さあ、何も聞いてないけど。あさって直接訊けば？」

　あわじくんは意気消沈して化粧前に戻った。すると鏡にルボタンで「よくやった！」という文字が書かれているのを見つけた。汚い殴り書きだったが、それはまぎれもなくレオンの文字だった。この一言を伝えるために急いでいるのにもかかわらずわざわざ楽屋に寄ってくれたのか。紙もペンも持ち合わせがなくて、それでもどうしてもこの一言を伝えたくて、ルボタンで書いてくれたのか。その光景が目に浮かんだとき、あわじくんは声を上げて泣きはじめた。


　レオンが急いで向かったのは、神戸の中華街にある知る人ぞ知るマッサージ店だった。施術師は中国人の老人とその息子の二人のみで、客の案内をしたり茶を淹れたりといった世話も老人の娘や孫がおこなっている家族経営の小さな店だが、よほど前から予約を入れないとここでは揉んでもらえない。腕がよく、口コミで噂がひろがって、スポーツ選手や芸能人もよく訪れ、タカラジェンヌも多く御用達にしている。値段はかなりお高く、言葉もあまりつうじないが、ここでなければ疲れが取れないというリピーターが多い。

　この店のことを教えてくれたのはパッパさんだった。現役時代は毎週休演日ごとにかよっていたので、必然的にレオンもナッツもかようようになった。だがトップさんが愛用している店に下っ端が行って顔を合わせるのは畏れ多いということで、パッパさんが行かれる水曜日は避けるようになり、休前日に行くことが多かった。休演日は上級生で予約が埋まっていることも多いから、下級生はどうしても遠慮することになる。

　ナッツのいる月組は全国ツアーから戻り、次の大劇場公演の集合日を迎えてから明日が最初の水曜日になる。だから今夜はここに来ているに違いないとレオンは踏んだのだ。若くしてトップになったナッツはまだまだ組に上級生が多いので、マッサージを休前日にしてもらう習慣を変えていないはずだった。

　衣服を着替えて施術室に入ると、隣の施術台に先客がいて、うつ伏せの姿勢で施術を受けている最中だった。向こうが老先生の担当で、レオンは若先生になった。うつ伏せになると早速施術がはじまった。レオンはいきなり隣の客に話しかけた。

「この前の話の続き、聞かせてもらおうか、ナッツ」

「レオンさん……まいったな。待ち伏せですか」

「こうでもしないと年末のタカスペまで会えそうにないからね」

「本当にお互い忙しいことで」

「ジェンヌはあまりにもスケジュールがハードすぎると思わへん？　いっそもう一組作って六組体制でまわしていったら生徒の寿命ももう少し延びると思うんやけどね」

「そうですよね。あれ……今日は宙組さん、新公じゃなかったですか？」

「うん、今観てきたとこや」

「主演の子、確かみずかちゃんの同期でしたよね……あわじくんっていいましたっけ。あの子はどうですか？」

「そんなことより、パッパさんの話や」

互いにうつ伏せで揉まれながら、相手の顔も見ないで二人は会話した。施術師の親子は口数が少なく、たまにぼそっと中国語で短い会話をするだけだ。揉みながら瞑想でもしているのかと思われるほどだった。意識の深いところに降りて行って、目の前にある肉体の凝りを抽象的に暗号化して、それぞれに有効な数式を適用しながらひとつずつ消去していっているかのような揉みほぐし方だった。ここでならまず秘密の会話が漏れることはない。老先生も若先生も木漏れ日の射し込む深い森の中で無の境地に陥り暗号や数式と戯れているだけなのだ。ここで施術を受けていると自分が宝塚のスターでも何でもなく、ただの傷んだ肉塊であり、匠の手によって修復されるべき損壊を抱えた一個の伽藍に過ぎないような気がしてくる。先生の腕もさることながら、そんなところも気に入って、パッパさんはここにかよっていたのだろうかとレオンは思う。

「あなたという人は、なぜそんなにいつまでもパッパさんのことが好きなんですか？私がちょっと耳打ちしただけであんなにおろおろして、こんなところまで来るなんて、どうかしてるんじゃないですか。もう押しも押されもしないトップになったというのに」

「それもそうやな……私はどうかしてるのかもしれん。けど、気になって気になって仕方ないんや。最近、あの人の夢ばかり見る」

「どんな夢を？」

「大階段で燕尾着て振りの確認してはったり、相手役のくららさんとデュエダンの振り固めしてはったり……私が声かけても知らんふりで」

レオンは昨夜もパッパさんの夢を見た。終演後の誰もいない銀橋に衣装を着たままひとりでぽつんと座っているので、どうしたんですか、と声をかけたら、

「影を忘れたんだよ。だから帰れない」

と、ひどく寂しそうに言うのだ。

「銀橋に、影を？　どれ、一緒に探しましょう」

「照明が当たらないと、影は探せないよ。もう照明さんは帰っちゃったから」

「じゃあ明日、探せばいいじゃないですか。そろそろ劇場を出ないと追い出されますよ。お衣装も着替えて、メイクも落とさないと」

「影を残してどうしろと言うの？　人は影をなくしたら、時が止まってしまうんだよ」

そう言って、虚ろな瞳で客席を見ていたパッパさんの姿がいつまでも脳裏から離れなかった。目が覚めてそれが夢だとわかったあとも、ありありと目の前にその寂しげな姿が浮かぶほどだった。

「そんなに気になるなら、おたくの代表さんにパッパさんの消息を訊いたらいいじゃな

いですか。パッパ会の元代表さんが、知らないわけないでしょう」

「何度も訊いてるけど、教えてくれへん。ほんまに知らんのかも。ナッツ、あんたの知ってること教えてほしい」

「私が聞いたのは、本当にただの風の噂ですよ」

「それでもいい。私には風の噂すら入ってこない」

ナッツは老先生にくるんと仰向けに体勢を変えられた。ナッツは天井を、レオンは床を見ながら話しはじめた。

「昔、パッパさんに隠し子がいるって話、してくれたことありましたよね？」

「うん。現役中に産んだとかいう……それもただの噂なんやけど」

「その隠し子さん、どうも実在してたらしくて……最近亡くなったらしいんですよ」

「ええっ？　そんな話、一体どこから？」

若先生の手がツボに入り、レオンは痛ッ、と思わず声が漏れた。

「先日くららさんの結婚式があって、月組生みんなで参列させていただいたんですけど、その三次会でくららさんから聞きました。組長さんと私しかいない席でごく内密に。なのでこの話は私と組長さん以外、誰も知りません」

「くららさんの線か、なるほど……トップコンビやったんやから、消息知っててもおかしくないな」

「でもくららさんですら、退団後はパッパさんに一度もお会いしたことないそうです。

ごくたまーにメールのやり取りがあったくらいだとか」

「その結婚式にパッパさんはいらっしゃらなかったの？」

「はい、祝電とお花だけ。元相手役さんの結婚式にも来ないとはどういうことかって組長さんが問い詰めたら、実はお身内にご不幸があったらしく、尋常じゃないお悲しみぶりだったので、どうやらおそらくお子様ではないか……っていうことになって……」

「隠し子さん、まだ若いやろ？　病気か何かで？」

「詳しくはわかりません。でも若すぎますよね」

「父親の情報は？」

「そこまではさすがにくららさんでもわからないって」

「父親が引き取って育ててたのかな？」

「いや、それはないでしょう。たぶん結婚できない相手だったでしょうから」

「なんで産んだんやろ？　堕ろす選択肢はなかったのかな？」

「その相手の方を愛していらっしゃったからじゃないですか。気持ちは何となくわかる気がします」

「ほうナッツ、そんな気持ちがわかるくらいには大人になったんや」

「かつてあなたに仕込んでいただきましたからね」

棘のある言い方だった。レオンはナッツがどんな顔をしてその言葉を言っているのか見てみたい気がしたが、この体勢では無理だった。だが見なくてもわかる。皮肉など浮かんでいる余地もないだろう。マッサージを受けている最中のトップスターの顔は途方もなく疲れ切っていて、とてもファンに見せられるものではない。自分もまたむくみが極限まで浮かび上がって、ひどい顔をしているだろう。トップスターとはこのように肉体と精神をぎりぎりまで酷使しなければ到底務まらない苛酷な職業なのだ。黙っているとナッツが呆れたような声を出した。

「あれっ、まさかレオンさん、お忘れじゃないでしょうね？　劇団内にあんまりたくさんの愛人がいすぎて、誰に手を出して誰に出さなかったか、忘れちゃったんじゃないですか？」

「忘れるわけないやろ」

「じゃあ私とのことも覚えてくれていますよね？　それともただの遊びだったんですか？」

「遊びやない。私はいつでも誰に対しても本気や。まさか遊ばれたと思って恨んでたんか？」

「いいえ。おかげさまで芸の幅がひろがって感謝していますよ。ただのお子様だった私が一人前の男役になれたのも、今こうしてトップにまでなれたのも、すべてあのときのレオンさんのご指導の賜物だと思っております」

「それなら結果オーライで文句ないやろ」

「むしろ恨んでるのはレオンさんのほうじゃないですか？　私があなたよりも早く、しかも月組生え抜きのトップになったから」

「そんなふうに思ってたんや。それは心外やなあ」

「あなたほどパッパさんの後を継ぐ月組トップになりたかった人はいないはずですよ。誰よりも月組とパッパさんを愛しておられたじゃないですか。それなのに花組へ組替えさせられて、そこでトップになると思ったら宙組へ落下傘で……お気持ちはよくわかっているつもりです。私なんかが月のトップになってしまって、レオンさんを追い出すような形になってしまって、いつも申し訳ないなって思ってました」

「それは違うよ、ナッツ。私は花組に行けたことも、宙組でトップにならせていただいたことも、本当に心から感謝してる。あのまま月組にいたらトップにはなれなかっただろうし、路線落ちしてたぶんもっと早く退団してたと思う。私は御曹司タイプじゃないからね」

「本心からそう思ってます？」

「組替えはするもんやって、本心から思ってる。甘えに気づかせてもらえてよかった。それに、そのおかげでみずかという最高の相手役さんにも巡り合えたしね」

「そうですか……それならよかった。組替えを経験してない私はまだまだ甘いのかもしれませんね」

「ナッツはそれでええんや。まっすぐに太陽に向かって咲き誇る向日葵のような人やから、そのままでええんや。でも私はきっとどこかで躓いてたと思う」

「その多情な性格のせいで？」

レオンは疲れた笑い声を出した。

「まあ、そうかもね。でももうさすがに今は昔みたいな無茶はしてないよ。そんな暇もないしね」

「そうですよね。彼氏とは続いてるんですか？」

「どの彼氏だっけ？」

「これですよ、あなたという方は」

「今はもう、恋愛なんかしてる時間もないわ。そんな時間があったら、睡眠にあてるわ。ナッツかてそうやろ？」

「私はずっとそうでしたよ。誓ってあなた以外の方は知りません」

「それは嘘やろ？　トップになってからどんどん色気が増してきたやんか。相手役の麻那ちゃんとはどうなん？」

「相手役は戦友のようなものですよ。麻那は月組娘役の伝統をしっかり受け継いだ強い娘役さんですから、もう同志というか、むしろこっちが立ててあげてるくらいですから。レオンさんこそ、みずかちゃんとはどうなんですか？」

「みずかは根っからの天然で、いまだに私の熱狂的なファンで、学年差もあるから戦友というよりは師弟関係みたいなもんかな。もうほんまにいじらしくって、そんな子、下手にいじられへんわ」

「でも少しいじってあげたら、大化けするかもしれませんよ。私のときみたいに」

「いや、かえって危険なタイプや。そのへんはよく見極めないと。私、そういうの見る目だけは天才的やねん」

「計算して手を出してるわけですか。あのときも、がり勉でつまらない私の殻を破らせるために、私に手を出してくださったんですか？」

「だから本気だったって言ったやんか。やっぱりなんか責められてる気がする」

「私はね、あなたから教わった恋愛感情を舞台に生かしているんですよ。愛しいとか、憎いとか、嫉妬とかの生々しい感情を。役者って、どんな経験もこやしになるものですね。恋なんて一度でも本当のものをすれば充分なんですよ。こんな話も、同じトップという立場になった今だからこそ話せることですけどね」

「下級生のうちに恋愛はしとけ、路線スターになったらそんな暇はあらへんて、どこかの上級生さんも昔言うてはったな、そういえば」

「男役が惚れるのは男役だけだと、かつてあなたに教えた上級生さんですか？　それは一体どなただったんですかね？」

「ああもう、堪忍してよ、ナッツ」

「おかしなものですよね。私たちって舞台では熱烈な恋を演じているのに、実生活じゃそんな暇もないんですから」

「パッパさんもそうだったのかな」

「パッパさんだって一度は本物の恋愛をされたんですよ。舞台で疑似恋愛するだけじゃなくて。お相手の方の子供を産みたいと思うほどに」

ああ、やっと話が本題に戻った、とレオンはいささかほっとした。

「パッパさんも切ないけど、隠し子さんも切ないなあ」

「自分の手で育てることもできず、親子として子供に会うこともできなかったわけですからね」

「ただ遠くから見つめてはったんかな？　その子の成長を。そして子供のほうは、客席から母親の舞台を見つめていたのかな。なんか切なすぎるなあ」

「子供を選んで退団する道より、トップになって男役を極める道を選ばれたんでしょうね、パッパさんは」

「パッパさんは自分で選んだ道だろうけど、その子にとったらどんだけ辛かったか……あの大スターがママやとわかってて、ただ舞台を観ることでしかママと会われへんかったんやろ？　母親として最低やんか」

「母親としては最低でも、男役としては最高でしたよ、パッパさんは」

「舞台上で何万人のファンを幸せにしても、たったひとりの血の繋がった我が子を捨てたんやで。それって人としてどうなの？」

レオンには珍しく、パッパさんよりその隠し子のほうに感情移入している自分をどうすることもできなかった。そして会の代表さんがそんな重大なことを知らないはずがないのに、教えてくれなかったことにも怒りがこみ上げてきた。

「おや、珍しい。レオンさんが神であるパッパさんを批判するとは」

「だってその子があまりにも不憫やないか」

「私はそういうところも含めて、パッパさんらしい話だなと思いますけどね。でもね、本当のところはやっぱり謎なんですよ。くららさんにしても確証があるわけじゃなくて、そうじゃないかっていう推測でしかないんですから」

「隠し子さんがいたことと、その子が亡くなったことは確かなんやろ？」

「さあ、わかりません。そんな話も、あまたある如月すみれ伝説のひとつでしかないのかもしれません。だからね、結局ただの風の噂ってことになるんですよ。誰も退団後のパッパさんに会った人はいないし、その姿を見かけた人もいないんですから」

「でも、少なくとも生きてることはわかったわ。くららさんにメールがきたっていうことは、そのまぎれもない証拠や」

「そうですね。どこかできっと生きてはいらっしゃるでしょうね」

「もうヅカの舞台を観ることもないのかな？」

「ただ、くららさんも仰ってたんですが……アモーレさんのラストステージにはさすがにいらっしゃるんじゃないかって」

「えっ、ほんまに？」

「パッパさんは、アモーレさんにはそれはそれはお世話になったそうですから。パッパさんが下級生時代の組長さんでもありますし、節目節目の重要な舞台で何度もご一緒したそうですから。しかも演目が思い入れの深い『薔薇よりも甘く』ですからね。くららさんからご一緒しませんかと何度もメールでお誘いしているようですよ。まだ返事はこないようですが」

「来てくれはったら、こんなに嬉しいことないんやけど」

「くららさんもレオンさんのトップ就任をお喜びになってましたよ。レオンさんの大羽根背負う姿と、アモーレさんの最後の勇姿を見届けるために、パッパさんが大劇場にあらわれる確率はまったくゼロではないと私も思います。変装してるかもしれませんけど」

「ありがとう。その言葉聞けただけで、ここに来た甲斐があったわ」

若先生がくるんとレオンを仰向けにすると、ナッツのほうの施術は終わったようで、お先に、と言ってナッツは施術台を降りた。

「今日は話せてよかった。でもナッツ、また痩せたんと違う？　ちゃんと食べてるか？」

「レオンさんこそ。そんな心配してくれるなら、たまにはご飯でも誘ってくださいよ」

「いつでも。ふいにスケジュールが空いたら連絡しなよ」

「はい、そうします。おやすみなさい」

ふいにスケジュールが空くことなどありえないとお互いわかっていた。組が違うとたまに劇団の廊下ですれ違っても、ゆっくり話をする時間もない。ナッツもバラキさんも、見るたびにどんどん痩せていく。自らの血肉をちぎり取ってそれを愛に変え、客席に降り注ぐのがトップスターの仕事だからだ。パッパさんもそうだった。退団公演のときには特にそうで、石鹸が磨り減るように痩せていった。

　アモーレさんを見送るついでもいい、とレオンは思った。そのついでに自分のトップになった姿を見てもらえるのなら、あの人が大劇場に来てくれるのなら、それだけでいい。もちろんレオンにもわかっていた。母親であることを捨てて男役であることを選んだパッパさんは、それでこそパッパさんなのだと。自分が同じ立場なら、自分も迷わずそうしただろうと。それだけの地獄を味わったからこそ、あれだけの表現の凄みが滲み出たのだと。そうしてパッパさんの今の悲しみを思うと、胸が張り裂けそうな気持ちになるのだった。きっと罰が当たったのだとご自分を責めていらっしゃるに違いない。男役という自己表現の場を失い、これからようやく母親らしいことをしてやれる立場になったと思ったらかけがえのない我が子までも失って、パッパさんはどれほど絶望の淵におられるだろうか。過去の栄光とひきかえに今の不幸があるのだとしたら、あの強烈なライトを浴びる見返りに凄絶な孤独が待っているとしたら、トップの座を降りたあとで自分はどうなってしまうのだろうか。そう思うとレオンは不意に目の前が昏くなった。

「あれ、泣くほど痛かった？」

　と若先生が訊ねた。

「うん、ちょっと痛かった」

　と言って、レオンは涙を拭った。

# 8

「アモーレさん、おはようございます。今日もよろしくお願いいたします」

専科さんが出演されるときは毎朝、トップさんと組長・副組長が専科部屋へご挨拶に行く習わしである。終演後のアモーレさんの楽屋は退団公演ということもありいつも以上に千客万来の賑わいで、他組の生徒や卒業生たちでごった返している。元トップさんたちも続々と駆け付けておられて、アモーレさんの長年の功績が偲ばれる。そのなかにもしや変装したパッパさんがいないかと、レオンは目を凝らすようになった。だがパッパさんがわざわざ楽屋を訪ねてくるとも考えにくく、客席でそっと見ているだけ、という可能性のほうが高いので、アモーレさんのシャンソンの銀橋渡りのときにそれとなく探してみるが、それらしい人はいない。

「レオン、今日のソワレな、ええ人が来るで」

朝のご挨拶に行くと、アモーレさんからニコニコしてそう言われたので、レオンは心臓が飛び出そうになった。

「えっ、まさか……まさか……」

「くららや」

「くららさんが……どなたとご一緒に？」

「ラブラブの旦那様と、あと月組の同期何人かでな」

「そうですか……」

レオンは一瞬落胆したが、くららさんは退団後のパッパさんと唯一連絡を取り合っている人でもあり、下級生時代のトップ娘役さんということもあって、もちろん舞台を観ていただけるのは無条件に嬉しかった。

「みずかがくららに会いたがってたから、終演後に二人でおいで」

「はい、ありがとうございます」

花添くららは如月すみれの相手役だった人というのはもちろんだが、みずかにとっては初演時にカンパネルラを演じた娘役ということで、いろいろと訊きたいこともあるのだろう。大部屋にも「本日花添くららさんご観劇！」のニュースが流れ、大騒ぎになった。いまだに花添くららを憧れの娘役さんとして挙げる下級生娘役は多く、みずかもその一人だった。あの美貌と三拍子揃った実力と如月すみれをとことん支えた娘役魂は組を超えて語り草になっている。それは如月すみれに憧れて宝塚に入団し、憧れの男役像をきかれてその名を挙げる下級生男役たちと同じくらい多い。あの二人のコンビは確実に宝塚の歴史に残るゴールデンコンビだったのだ。

パッパさんの異端児ぶりを深いところで受け止め、時には正統的にそれをフォローし、時には同じように異端をめざす心意気がくららにはあった。どんなにパッパさんが宝塚の枠をはみ出す表現をしても、どこまでも相手役に添いながら、作品の質も品も落とさず、パッパさんを稀代の男役スターとして存在させたのは、くららの器あってこそと言われた。男尊女卑の宝塚にあって娘役芸は男役芸ほど目立たず脚光も浴びにくいが、見る人が見ればその芸の確かさは一目瞭然であり、退団後は当然女優に転身するかと思われたのに、相手役のパッパさんが芸能活動をしないのに自分がするのはおこがましいとの理由から一切の活動をせずに結局は結婚という道を選んだ奥ゆかしさも、ヅカファンの好感度を上げていた。

こんな逸話がある。ショーの娘役だけのダンスシーンで、

「ここは悩殺で」

と演出家から一言言われただけで、

「わかりました」

と返したくららは、八名の精鋭娘役たちを率いて四肢を惜しげもなく晒すダルマ姿のまま男役ばりにガツガツ踊り、ウインクをバチバチ飛ばし、とろけるような艶やかな歌声で文字通り客席を悩殺してみせた。演出家の意図は男性客を悩殺させることだったが、その男前な押し出しの強さと男役顔負けの凛々しい色気の放出に、女性客のほうが悩殺されてしまったのである。男役だけでなく娘役もウインクを飛ばして客をたらしにかかることをヅカファンは驚きと感動をもって受け入れ、エイトキラーズ（八人の殺し屋）

というそのシーンはそのショーの中で最も人気のあるシーンになってしまった。ある意味では男役が食われたような形になったのだが、そのことを誰よりも喜んでくれたのは相手役のパッパさんだった。お稽古は極秘でおこなわれ、娘役としてちょっとやり過ぎではないか、男役さんたちの領分を侵しているのではないかと不安を漏らすメンバーもいたが、荒通しでの初めての披露で吹っ切れたように踊り切ったくららたちに、

「すごいよ、かっこいいよ、惚れ直したよ」

と真っ先にパッパさんが拍手してくれ、

「男役も負けてられないね。さあみんな、このかっこいい娘役さんたちについてきていただけるように、我々もがんばるよ！」

とみんなにカツを入れた。スゴツヨくららの異名が轟くことになったのはそれからのことだ。真にすぐれた娘役は時に男役以上に男らしくあらねばならないことがある。男役以上の包容力で男役を支え、それを決して観客にも、男役本人にすら悟られてはならない。男役がやさしく相手役を見つめる視線ほど素敵なものはないが、それを素敵と感じさせるのは、見つめられて幸福感を全身であらわすことのできる娘役の表現力にかかっている。それを自然体で心からできるのが良い娘役なのである。くららはそれだけでなく、攻めに出ることもできる稀有な娘役だった。

「今日、くららさんいらっしゃるんですよね？」

早速みずかが話を聞きつけてレオンのところに飛んできた。

「うん。あとでアモーレさんの楽屋へ一緒にご挨拶に行こう」

「はい。私、くららさんのキレッキレのダンスが大好きで、特に伝説のエイトキラーズのダンスが本当に好きで、あんなふうに男役さんみたいに踊られるダンスに憧れていました」

「それなら、くららさんへのオマージュとしてやってみたら？　今日のデュエットで、私をリードするつもりで、男前に踊っていいよ」

「えっ、そんな、畏れ多いです」

「カモン、って私が誘うところ、みずかがやってごらん。思い切り強く出ていいから」

「でも、振りのニュアンスが全然変わっちゃいますけど」

「カマちゃんと大吉先生なら、文句言わないと思う。あの二人なら、絶対面白がってくれると思うよ。くららさんご観劇のことはご存知だろうし、むしろ褒めてくれるよ」

「いやあ、私なんかにできるでしょうか」

『薔薇甘』のラブシーンもな、前半はみずかがリードしてごらん。初演のくららさんもリード気味でやってらしたから、ちゃんと自分たちの初演の舞台を研究してくれてるんやって、喜んでくれると思うよ」

「本当ですか？」

「バンパイアのほうがもともと人間より優位に立ってるんだから、っていうパッパさんの解釈でね。もちろん後半はジョバンニのほうが激しく強くなっていくんだけど、前半はカンパネルラが積極的に誘っていい。まあ、いきなり言われても難しいかもしれないけど、もしできたらやってごらん。どちらでも私はあなたに合わせるから」

こういう言い方をすればよりみずかが燃えるタイプだということを、レオンは見抜いていた。実は初演のパッパさんの解釈はもっと深くユニークなものだった。カンパネルラにとっては人間の男を襲うことで生命を繋いでいるわけだから、食欲と性欲は分かち難く結びついているはずだ、だからもっと貪るようにジョバンニを求め、食欲と性欲とのせめぎあいで女のほうから我を失い、激しく情熱的になるべきではないかと言ったのを、レオンは稽古場で耳にしたことがあった。清く正しい宝塚の教室で性欲などという言葉が出てきたことにもびっくりしたが、普通にそんな言葉を使って演出家と議論している姿とともに強烈に印象に残っている。トップさんとは演出家と議論できるほど対等な存在で、作品作りの責任はそれほど重いのだとレオンはその姿から教わった。食欲の限界を突き詰めるために、くららは数日間断食して役作りをしていた。今回の宙組版の稽古場では「食欲と性欲のせめぎあい」などという言葉はもちろん演出家からは出なかったしレオンも話したことはないのだが、みずかが一時期プチ断食をしているらしいという話を漏れ聞いたことがあるのは、アモーレさんあたりから初演時のそういった逸話を耳にしていたのかもしれない。アモーレさんは多くの名作の初演に出演しており、再演に当たって生徒のみならず若手演出家からさえも当時のことを訊きに来られることも多いという生き字引のような人なのである。

その日のソワレは、出だしからみずかの集中力が一段と冴え渡っていた。ジョバンニとカンパネルラが初めて結ばれるラブシーンでは、まるで飢えを満たすかのようにレオンのキスを自分から奪いに来て、それでレオンの男役心に火をつけて見せた。獲物を貪るような強く光る目つきでレオンに挑みかかり、皮膚と皮膚が吸い付き合い、魂と魂が擦れ合うかのような大胆で濃厚な絡み合いに観客も宙組生たちも度肝を抜かれた。

「ど、どうしたんや、今日のみずかは。明らかに別の人格に支配されてない？」

「憧れのくららさんがいらしてるから、燃えて燃えて燃えさかっとるわ」

「客席のオペラ率98パーセントやな。誰一人オペラ下げへん」

「まるで獣のメスがヒトのオスを襲ってるような……すごっ！　こわっ！　エロっ！」

「あああああ……エンジェルみずかがアダルトみずかになってしまった……何だろう、この喪失感は」

「みずかマジすげえ！　マジ天才！　マジ淫乱！　マジすみれコードぶっちぎりの放送事故レベルの妖しさよ！」

「受けて立つレオンもまた惚れ惚れするような男ぶりやなあ」

「あの二人だけが宇宙に行っちゃってますね、我々を置き去りにして」

「これはしかし大劇場でお客様にお見せしていいものなのか……後で苦情とか来ませんかね。宝塚にふさわしくないとか何とか」

「そんな苦情、うちの組長が受け付けるわけないやろ」

「そうだよ。あれだけ過激にやっても、最低限の品は保ってる。むしろやればやるほどエレガントになってくところがさすがだわ。あの品は生まれながらのものだよね」

実際のところ、まろ姐組長はみずかの変化にいち早く気づき、

「おまえらみんなよう見とけよ！　ヅカでは十年に一度見られるかどうかっちゅうレベルのエロみずかの渾身の演技を！　そしてそんなエロみずかを導き、発火させ、すべてを引き受けるエロレオンの崇高な男役芸を！」

と、組子全員に通達したくらいなのだ。

「宙組の『薔薇甘』は伝説になるでぇ！　レオみずコンビはきっとパパくらコンビに並ぶゴールデンコンビになるでぇ！　伝説誕生の瞬間を見逃したらあかんで！」

そのシーンが終わって暗転になり、セリ下がるとき、セリの中でレオンはみずかの頭をくしゃくしゃと撫で、

「やればできるじゃん。思わず惚れそうになったよ」

と嘯いた。

「もしかして褒めてくださってるんですか？」

「お衣装破れちゃったよ。娘役さんにここまでされたのは初めてや」

「私、レオンさんのお体のどこかに噛みついたような気がするのですが……あっ、耳たぶから血が……そこを噛んでしまったかもしれません。申し訳ありません」

「こんなの大したことないよ。それより首筋、痣になるかもしれないから、アイシング

を忘れないようにね」

「はい」

セリが止まると、お付きの下級生が早変わりの支度のために待ち構えていた。すぐに次のシーンに同じセリでセリ上がらなくてはならないため、お衣装部さんまで戻っている時間はなく、奈落で着替えなければならない。下級生は破れた衣装を見てぎょっとしたが、

「お怪我はありませんでしたか？」

と開口一番に訊ねるほどの熱演だった。みずかの手伝いに入っているあわじくんが、同期を見る眼ではなく、異次元生物でも見るような眼つきでみずかを見ている。

「どうしたの、あわじぃ」

「な、なんでもない」

あわじくんはぶっきらぼうに言って目を逸らせた。同期が一気に大人の女になってしまったような気がして、手の届かない遠くへ行ってしまったような気がして、眩しくてたまらなかったのだ。

やがて芝居が終わり、休憩のあとにショーがはじまった。プロローグの銀橋渡りのときに、レオンは楽しげに拍手しながら舞台を見つめているくららと目が合った。とっておきのウインクを送ると、被弾した、という仕草をしてくれて、涙を拭っていた。まったく同じ仕草を隣に座っている紳士もしてくれ、くららと微笑み合ったのを見て、ああ、くららさんは良い方とご結婚されたのだと嬉しくなった。そのときだった。その紳士の

二列後ろの席に、その紳士の父親くらいの年齢の老人が座っているのを見たのは。父親だろうかと思ったが、それにしては席が離れているし、身なりも風貌もあまりにも違いすぎる。くららさんのご主人は立派な体格でいかにも高級そうなスーツに身を包んでいるが、その老人は貧相に痩せこけており、髪の毛も薄く、作業服のような、劇場にはいささか場違いの身なりをしていた。

パッパさんが変装しているのではないか、と思った瞬間、レオンはかっと体が熱くなった。いや待て、落ち着け、とレオンは自らに言い聞かせた。確かにパッパさんはヅカきってのメイク上手だったし、余興で禿げ頭のヅラを進んで被るようなお方ではあった。だが体格は肉布団などでいかようにも増やすことはできても、あそこまで減らすことは難しいはずだ。かつてあんなに長身で威風堂々としていた元男役さんが、あれほど貧相に化けられるだろうか。それともパッパさんはこの十年のあいだに、あそこまで痩せられてしまったのだろうか。老人はにこりともせず、分厚い眼鏡越しに無表情に舞台を見つめている。レオンは試しにウインクを送ってみたが、老人は無表情のままだった。

出番を終えて袖にはけると、レオンはジェリコをつかまえて例の老人のことを話した。

「くららさんのご主人の二列後ろの、ほらあのおじいさん、どう思う？　パッパさんと違うかな？」

「次の銀橋渡りのとき、じっくり見てみますね」

つぎのシーンでジェリコたちが銀橋へ出て行って一曲歌ってはけてくると、早変わり

室で着替えているレオンのところに飛んできて、

「レオンさん、あれは違いますよ。ただの普通のおじいさんですよ。確かにいかにもヅカファンの客層とはかけ離れていますけど、たまにああいう方っていますしね」

と断言した。

「うーん、そうかなあ。やっぱり違うのかなあ」

「絶対にパッパさんじゃありませんよ。すみキチのごはん賭けてもいいです」

「そうだよね。私もなんか違う気がしてきたわ」

だがレオンはその老人のことが妙に気になって仕方なかった。アモーレさんのシャンソンの場面でも、出の前にアモーレさんに耳打ちして、見てもらうことにした。アモーレさんが歌いながら銀橋を歩きはじめると、ひときわ大きな拍手が起こった。アモーレさんはセンターで立ち止まり、くららとその周辺に向かってとびきりの笑顔とウインクをプレゼントした。くららたちは泣いていた。隣のご主人がくららの手をしっかりと握りしめていた。学生時代にラグビーをやっていたらしくがっちりとしたスポーツマン体型に少し中年期の贅肉がつきはじめてはいるが、それが恰幅の良さとして映り、趣味のよいスーツと相まって、見るからに有能で家庭的にも満ち足りた男盛りのエリートビジネスマンそのものだ。きれいに整えられた口髭がおっとりとした育ちの良さを感じさせる。隣に座っている妻を誇らしげに時折見つめ、心からこの女性を愛し愛されているという男性としての自信が全身から漲っていて、やさしいオーラがそのあたり一帯に溢れている。元タカラジェンヌとして、いや女性としてまさに望みうる最高の伴侶を手に入れた喜びがくららからは滲み出ているようだった。

「あれは違うな、レオン。パッパであるわけないわ。あのおじいさんはただの一般のお客様や」

「そうですよね。すみませんでした」

「くららのご主人、素敵な男やったなあ。ほんまに幸せそうで、何よりや」

「本当にお似合いのお二人でしたね」

　そのシーンが終わるとラインダンス、そして黒燕尾と続き、最後の見せ場のデュエットダンスがはじまった。案の定みずかは仕掛けてきた。レオンの提案通り、しとやかさをかなぐり捨てて自分のほうから男を誘い、カモーン、という仕草をしてウインクを送った。レオンはみずかに合わせ、含羞を秘めながらもこの強い女に惹かれていくうぶな青年を見事にダンスで表現していた。客席がざわざわと騒ぎ出した。宝塚のお客様はリピーターが多い。今までのデュエダンと百八十度設定が入れ替わっていることに驚き、それでもこの魅力的な二人のダンスに瞬きするのも忘れて見入っていた。みずかは客席にまでウインクを飛ばしてアピールし、拍手をもらっていた。リフトまでみずかのほうがしてしまうのではないかと誰もが期待しはじめたころ、形勢が逆転した。うぶな青年が男らしさに目覚め、逞しく女をリードしはじめたのだ。最後はいつものようにレオンがみずかをリフトして、デュエダンが終わった。だがいつものリフトより力が入ってしまい、回転がより高速で、回している時間も倍近くある、一公演のうちに一回あるかないかというベストなリフトになった。観客は歓声を上げ、いつも以上の大きな拍手がきた。回転を止めてみずかを降ろそうとしたとき、

「ブラボー！」

と客席からかかったひときわ大きな掛け声を聞いて、レオンは戦慄した。それはまぎれもなくパッパさんの声だったのだ。

あのよく通る痺れるような声質は、十年たっても忘れはしない。地の底から湧き上がるような、あるいは天上から降り注ぐような、男役が腹の底から絞り出す、長年にわたって鍛え上げられた、男性には出せない、男役にしか出せないいぶし銀の掛け声だ。パッパさんだ。パッパさんがこの劇場の中にいる。あの人はやはり、観に来てくださったのだ。レオンはその掛け声に心臓を撃ち抜かれ、全身がふるえて、涙で目が霞んできた。パッパさん。パッパさん。パッパさん……。あなたですか？　あなたが劇場中にこだまする声でブラボーと叫んでくださったのですか？　あの老人が発したのか、声の主を確認したかったが、すでに最後のキメのポーズに入っていたのでそれはできなかった。大量の汗にまみれて、涙をぽろぽろ流しながらポージングをキメている相手役を見て、みずかもまた感極まってその手をぎゅっと握りしめた。泣くな、レオン。デュエダンのあとは大輪の花が咲きこぼれるような笑顔を相手役さんとお客様に向けるんだ。そう諭すパッパさんの声が聞こえてきたような気がして、レオンは慌てて笑顔を作った。

お客様に向かってみずかと並んでお辞儀をすると、二人に注がれていたピンスポットがフェイドアウトで閉じはじめ、最後のパレードの音楽が被さってきた。レオンは思いを客席に残しながら、花のような笑顔を向けたまま、いつものようにみずかと手を繋いで袖まで走りはけた。

「サヨナラ公演でもないのに、泣きながらリフトするやつがあるか」

終演後にみずかと二人で専科部屋を訪れると、レオンはいきなりアモーレさんに叱られた。

「サヨナラ公演でもデュエダンで泣いたトップはおらんで。普通はパレードで泣くもんやし、燕尾とデュエダンで泣くなんて、男役トップとしてもってのほかや」

「申し訳ありませんでした」

「燕尾とデュエダンはな、ただのダンスと違うんや。舞台の神様に捧げる神聖な献舞みたいなものやと私は思うてる」

「仰る通りです。トップとして不甲斐ない姿を見せてしまい、申し訳ありませんでした」

叱られながら、レオンはなぜか嬉しそうだった。トップになると誰も厳しいことを言ってくれなくなる。上級生に叱られるのがものすごく久しぶりで、その感覚が懐かしくて、やっぱりジェンヌは上の方に叱られてなんぼやな、とレオンは思った。

「なんで泣いたかはわかってる。あのブラボーやろ？」

「アモーレさんもお気づきでしたか？」

「私が何十年この花園にいると思てんのや。私は目は悪いけど、その分耳がめっちゃええねん。歴代トップスターの声は一発で聞き分けられる。それにパッパのあの声はちょっと特別やからな。どんなにうまく変装しても、声だけはごまかされへんわ」

「どこにいらしたのでしょう？　一階席から聞こえたような気がしたので、やはりあのおじいさんだったのでは？」

「いや、ようわからんけど、二階席の後ろのほうから聞こえたと言ってる者もおるしな」

「えっ、あのう、パッパさんがいらしていたのですか？」

とみずかが話に割り込もうとしたとき、華やかな一団が専科部屋に押しかけて来た。花添くららとその同期ご一行様である。レオンとみずかは最敬礼でかつてのトップ娘役と月組の上級生たちをお迎えした。

「くららさん、大変ご無沙汰いたしております。本日はご来場ありがとうございます。相変わらずお美しくて……宙男たちが銀橋からくららさんに向かって投げる狙い撃ちのウインクをお感じになられましたでしょうか？」

「ええ、もう、身がもたなかったわよ。それよりレオン、立派になられて……もう涙が止まらなかったわ。花組に行かされて、ナッツにトップを先に越されて、どうなることかと思ったけど、宙組でトップになってよかったわね。そのおかげでこんな素敵な相手役さんに恵まれたんですもの」

「ご紹介させていただきます。相手役の早桃水香でございます」

みずかはご挨拶も忘れ、ポーッと上気してくららを見つめている。

「みずか、ご挨拶して」

「あ、失礼いたしましたッ。こんなにお美しい方を目の当たりにしたのは初めてで……宙組の早桃でございます」

「天然ですので、お許しください」

「くららさんに憧れて、くららさんのようになりたいと思って、私は宝塚に入りました。パッパさんをお支えしておられたくららさんのお姿こそ、私の理想です。私もあのようにレオンさんをお支えできたらと思っております。そしてくららさんのエイトキラーズは、私の永遠の憧れです。ＤＶＤであのシーンだけを毎日毎日何百回も見続けました。娘役でも男役さんみたいに踊っていいんだ、かっこよくキザっていいんだって、私はあのダンスから教わりました。いつかあんなダンスを踊るのが私の夢です。そして私の好きなくららさんのお芝居は……」

「もういいよ、みずか」

感激のあまり涙を浮かべて夢中で言い募るみずかを、レオンがやさしく止めた。

「ありがとう」

くららはみずかを愛おしそうに抱きしめた。

「レオンをよろしくね。この子は昔から本当にやさしすぎるところがあって、トップの激務が務まるか心配なの。できればあなたは、レオンより長く在籍してあげて、レオンが心残りなく卒業できるようにしてあげてほしいの。私はパッパさんと添い遂げたけれど、一作品でも残ってお見送りしてからやめてもよかったんじゃないかって、思うこともあるのよ」

「それはどうしてですか？」

レオンは思わず真剣に尋ねていた。

「トップコンビはね、残されるほうがつらいものなの。男役さんと添い遂げてこそ娘役、みたいな風潮があるけれど、相手役に見送られるのが一番幸せなやめ方なんじゃないかって思うことがあるのね。特にパッパさんみたいな方はそうだったんじゃないかなって、やめてから何年もたって気づいた私は本当にお馬鹿さんよね」

「でも、どうして？」

「だって相手役がまだ残っていたら、どこかで宝塚との絆が切れないと思うのよ。舞台も観に来てくれるかもしれないし。一緒にやめちゃったら、もう思い残すことがなくなるの。だからパッパさんは、私たちやみんなから遠く離れて、宝塚という世界からきっぱりと縁を切って、おひとりではるか彼方に行かれてしまった。男役でいられない自分をどうすることもできなくて、男役という天職を生かす道がどこにもなくて、どんなにもがき苦しまれたか。当時の私はそのことに思い至ることができずに、当たり前のように添い遂げをしたけれど、パッパさんがこの世界に思いを残す小さな石ころになってもよかったのかもしれないって、やめてから何年も何年も考え続けたのよね」

レオンもみずかも、目を真っ赤にしてくららの話を聞いていた。くららさんがそんなふうに思っていたなんて、知らなかった。この人もまた自分と同じように、いや自分以上に、ずっとパッパさんのことを案じ続けてこの十年を生きてきたのか。同時退団した挙句、自分だけが幸せになったことをそんなふうに責め続けてきたのか。相手役とはそこまで互いを思いやるものか。レオンはくららの思いの深さに衝撃を受けていた。

「今日、パッパさんの声を聞きました。デュエダンのあとにブラボーって掛け声してくださったんです」

「まさか」

「あの声は絶対に忘れません。くららさんがあの方を連れてきてくださったのではありませんか？」

そのとき他の卒業生と話していたアモーレさんが、しんみりした空気を打ち破るように明るい声を出した。

「くらら、あんたのラブラブのご亭主さんは？」

「外せない海外出張があるから、お芝居だけ観て関空へ向かったわ。ごめんなさいね、あの人、仕事人間で」

ええーっ、とその場にいた全員が驚きの声を上げた。

「ちょ、ちょっと待ってください。じゃあショーのときお隣に座っていた紳士は一体どなただったんですか？」

「あらやだ、赤の他人よ」

「いや、でもくらら、元ラガーマンで、エリート商社マンで、英国製のスーツを着こなすお髭がチャームポイントのダーリン、っていうイメージそのものの人やったで。しかもあんたら、私の銀橋渡りのとき、手繋いでなかったか？　その人な、私に手を振ってウインクまでしてくれはったで」

「見間違えたんですよ、アモさん。やあねえ」

そのとき一瞬くららの目が泳いだのを、レオンもアモーレさんも見逃しはしなかった。

二人は同時に顔を見合わせ、

「あれがパッパさんだったんや！」

と叫んでいた。

「やられた！　騙された！　まったく何て人なんや！　のうのうと元相手役の隣に座って、ご主人になりきって、完璧に私らを騙しおった！　さすがはパッパや。あっぱれや」

「今、今、どこにいらっしゃいますか？　ひと目だけでもお会いしたいんです。どうしても、ひと目だけでも、一言だけでもお礼を……」

「こっそりいらして、こっそりお帰りになったわ。すばらしいデュエダンを見せてもらって、後先を考えずについブラボーなんて叫んでしまって、うかつなことをしたと反省していらしたわ。でもそれがレオンへの今日の感想だって。たった一言、伝えるべきことは伝えた、アモーレさんにもちゃんと長年のねぎらいとお別れの挨拶を送ったと」

「パッパらしいな、ほんまに。ありがとう、くらら。もはや幻となってしまった男役スターをこの大劇場に連れてきてくれて」

「くららさんは、扮装したパッパさんにしか会われなかったんですか？　お顔はご覧にならなかったんですか？」

「ええ、そうよ。あの姿でいらして、あの姿で帰って行かれた。パッパさんは私の主人の役を演じただけ。いつまでもかりそめの役者なのね。私を含め、退団後の素顔を見た人は誰もいないんじゃないかしら。私の同期たちですら、あの男性がパッパさんだとは気づかなかった」

「現役当時とはお顔の骨格が変わられたような気がするんですが、整形でもされたのか、それともずいぶんお痩せになったんでしょうか？」

「さあ、それはわからない。人は耐え難い悲しみに襲われると、顔から表情というものが失われていって、顔がすっかり変わってしまうことがあるそうよ。あるいはそういうことかもしれないわね」

「あんなにオーラのあった方なのに、誰にも気づかれないなんて、あんまりや」

「気づいたのはただひとり、元パッパ会の代表さんだけ……今はレオン会の代表さんね。劇場改札ですれ違って、すぐにわかったみたいで、声はかけなかったけど、しばらくじっと見つめていらした」

「そのときパッパさんは？」

「ただ静かに微笑まれて、何も言わずに通り過ぎたわ」

レオンは胸が詰まって、それ以上何も言えなかった。顔の骨格が変わるほどの悲しみとは、涙を流し過ぎて顔の骨が溶けたとでもいうのか。悔恨と絶望のために奥歯を嚙みしめすぎて、顎の骨が砕けたとでもいうのか。こらえてもこらえてもこらえきれない悲痛な思いを己の内に溜めすぎて、顔じゅうの骨という骨が悲鳴を上げて歪んだとでもいうのだろうか。それほどの悲しみに打ちのめされ、世を忍ぶかりそめの姿で劇場へ来ても、デュエダンを見て騒ぐ血を抑えきれずに、後先を考えずブラボーと叫んでくれたことが、万感の思いのこもったあの一言が大劇場の広い空間に響き渡ったことが、ただただ無性に嬉しく有り難かった。パッパさんは苦労してようやくトップになった自分を、いや男役という芸を突き詰めている者すべてを、この舞台で青春を賭けている若者すべてを、ブラボーという言葉で激励し祝福してくれたのだと思った。

## 9

四十年にも及ぶ長いタカラジェンヌ人生の中で一度たりとも休演したことのないアモ

ーレさんが初めて休演したのは、大劇場の千秋楽を翌日に控えた日のことだった。

あれは何かの前兆だったのだろうか。その前日のショーの例の銀橋渡りのとき、アモーレさんは足を踏みはずしそうになり、前後にいたレオンとジェリコに咄嗟に腕を取られてかろうじて踏み止まったが、その動揺で歌詞が飛んでしまったのか、数秒間無言になってしまったことがあった。レオンがすぐに気づいて歌い出し、続いてジェリコもハモりはじめたので事なきを得たが、アモーレさんは歌詞を思い出せないのか、若い二人に華を持たせようと思ったのか、二人に歌わせたままその日の銀橋渡りを終えた。袖にはけるなり、

「アモーレさん、大丈夫ですか？　ご気分が悪いのではありませんか？」

とジェリコが声をかけたが、心ここにあらずといった様子で茫然としている。さっき銀橋から落ちそうになったとき、咄嗟に握った手が氷のように冷たかったことも気になっていた。

「ごめん、私、次早変わりやから、アモーレさん頼むわ」

とレオンはジェリコに後を託して、早変わり室へ走った。アモーレさんはひどく汗をかいていた。

「ごめんなあ……あかんなあ……歌詞忘れるなんて、舞台人失格や」

「わざと忘れたふりをして、私とレオンさんを試されたんでしょう？　アモーレさんのそういう悪戯、待っているファンの方もいらっしゃるでしょうから、喜ばれたんじゃな

いですか」

「ほんまに飛んだんや。やめるタイミング間違えたかな。一公演遅かったかもしれんわ」

「それよりすごい汗ですね。お熱があるかもしれません。診療所へ行きましょう」

「あんたはまだ出番があるやろ。もうすぐ一番大事な燕尾やないか。それが終わったらじきにパレードや。一人で行けるさかい、もうお行き」

「では、私のお付きの下級生についていってもらいます」

「その子かてまだパレード残ってるし。私なら大丈夫やから、早よ行き」

「そんな状態のアモーレさんをとても放っておけませんよ」

「下級生にとってパレードは大事な見せ場や。スターさんでなくても全員が心からの笑顔を浮かべて大階段を降りてきて、お客様から拍手をもらえる。どんなにドキドキしてスタンバイしたか、私にも覚えがあるな。いくらお付きの下級生でも、邪魔したらあかん」

　そう言っているあいだにもアモーレさんは苦しそうに蹲り、滝のような汗を顔から滴らせていた。普段はあまり汗をかかれない体質なのに、妙だな、とジェリコは思った。でもアモーレさんの言う通り、最大の見せ場である大階段黒燕尾の群舞のためにもう着替えに行かなければ間に合わない時間だった。アモーレさんの言うこともわかるが、これはただ事ではない気がした。

「ごめんね、悪いけど、パレードまでにアモーレさんを診療所までお連れしてくれる？　そして進行さんに、アモーレさんはパレードには出られないからって伝えてほしいの。

わかった?」

「はいっ、かしこまりましたっ」

ジェリコ付きの研一さんにアモーレさんのことを頼んで、ジェリコはその場を離れてしまった。そのことをジェリコは後になって激しく後悔することになった。

その研一さんはジェリコに言われた通り、確かにアモーレさんを劇団内の診療所の前までお連れしたが、すぐに劇場へとんぼ返りしなければならなかった。

「ありがとう。もうええから、行きなさい。出番に遅れたら組長から大目玉食らうさかいな」

苦しげではありながらも茶目っ気を滲ませてそう言ったアモーレさんを見て、研一さんは少し安心して劇場へ走った。だから彼女はアモーレさんが診療所で診察を受けたかどうかまでは確認していない。終演後にジェリコが診療所に行ってみると、アモーレさんの受診記録は残っていないことが判明した。楽屋に戻った形跡もなく、私物を残し衣装を着たままメイクも落とさずに劇団からいなくなったのは確かだった。付き添った研一さんは責任を感じて泣き出すし、楽屋は大騒ぎになった。

「あれはちょっと普通じゃなかったです。あんまり苦しくてアモーレさんはご自分で救急車呼ばれたんじゃないでしょうか」

とジェリコが言うと、研一さんはひたすら小さくなって、申し訳ありません、申し訳ありません、と繰り返した。アモーレさんは劇団への通勤に自分で車を運転してかよっている。その車もまだ駐車場にあった。そこへ組長が守衛さんを連れて戻ってきた。

「アモーレさんが劇団を出るのを見ましたか？」

「はい、まだ公演中やのに変やなあとは思ったんですけど、何や急がれてはったみたいで」

「救急車は来なかったんですね？」

「ええ、来てません」

「それならご自宅に向かわれたのでは？　車がまだ駐車場にあるってことは運転すらできないほど具合が悪くて、電車かタクシーで向かったんじゃないですか」

「アモさんは確か逆瀬川のマンションにお独りで住んではるはずや。ジェリコ、あんた行ったことあるか？」

「いいえ、一度も」

「あんたでも行ったことないんなら、宙組は誰も知らんやろ。他の専科さんでアモさんのお宅知ってはる人探してみるわ」

「緊急事態ですので、劇団で住所をきいて、私ちょっと行ってきます」

「私も一緒に行くわ。こういうときは一人より二人のほうがええやろ」

　とレオンが申し出てくれたが、

「レオンさん、これからグラフの撮影とスカステの収録入ってますよ。すぐにでもスタジオに向かわないと間に合わないです」

とみずかに言われてしまった。

「ああ、そうやった。あわじくん、ジェリコと一緒に行ってあげてくれる？」

「はい、かしこまりました。自分、地図見るの得意なんで、お任せください」

「私も行くわ」

ときよしさんも言ってくれ、生徒監のお父ちゃんと総勢四名で逆瀬川にあるアモーレさんの自宅マンションに向かったが、呼び鈴を押しても応答がない。部屋に電気がついている気配もない。

「今さら気づいたんやけど、私物を楽屋に置きっぱなしなら、家の鍵も持って出てないっちゅうことやんか。アホやなあ、うちら」

ときよしさんが言った。確かにそうだ。そんなことにも気づかずにこんなところまでやってきた自分たちはよほど動転している、とジェリコは思った。

「これはやばいですね。警察に捜索願出すべきかもしれません」

「いや、それは最後の手段や。劇団を出たあと容体が悪化して、どこかで救急車を呼んだか、自力で病院に駆け込んだか。そのどっちかしか考えられんやろ」

「でも財布も持ってないんですよ。もしかしたらどこかで倒れてるかもしれません。劇団からご自宅へと至る経路をくまなく探してみましょう」

他の宙組生も参加して、大劇場周辺、宝塚駅周辺、逆瀬川駅周辺、自宅マンション周辺を徹底的に探し回り、駅員にも話を聞いた。

「すみません、紫色のスーツを着て、胸に薔薇をつけた、金色の靴を履いた人を見かけませんでしたか？」

「それはまたすごい恰好ですね。女性ですか？　男性ですか？　年齢は？」

「えーと、何て言ったらいいのかな……女性なんですけど女性ではないというか……でも男性でもないのですが見た目は男性でして……あのつまりですね何というか……ええもう面倒だ、ずばり宝塚の男役さんです。どちらかといえば落ち着いた年恰好の方です」

「ああ、ジェンヌさんですか。ジェンヌさんならこのへんよく通られますけど、さすがにそういう恰好の方はちょっと……」

「もし見かけたら、劇団までご一報いただけますか？　すみません、よろしくお願いします！」

一方で組長はじめイッセイさんたちは近隣の病院に電話をかけまくって、それらしき人物が搬送されてこなかったかを問い合わせた。アモーレさんと仲の良い専科さんにも協力を仰いで、アモーレさんが立ち寄りそうな店やかかりつけの医者を知らないか訊いてみたが、めぼしい成果は得られなかった。

「アモさんって私生活はあまりさらけ出さなかったのよね。誰もご自宅に遊びに行ったことないんじゃないかしら。猫を飼ってらしたようだけど、その猫は去年大往生したとかで、ご家族の話も聞いたことないわねえ。目がお悪いのはみんな知ってたけど、他に持病があるようなことも聞いたことないしねえ。体が資本だからって食生活にはかなり気を遣ってらして、体を冷やしたり疲れやすくなる食べ物は召し上がらなかったし、摂生の甲斐あって風邪もめったにひいたことないって仰ってたわ。でもやっぱりお年もお年だし、休みなく各組に出ずっぱりだったから、お疲れは相当溜まってたのかもしれないわね」

ジェリコは胸騒ぎがおさまらず、何度もアモーレさんの携帯に電話をかけたがずっと留守電のままだった。そして、ああそうだ、アモーレさんの携帯はまだ楽屋のバッグの中にあるんだったと気づくのだった。今日は一回公演だから終演は四時、その少し前に劇団を出て、今はもう夜の十時をまわっている。あんな状態で、衣装を着てメイクをしたままの姿で、六時間以上も師匠が一体どこでどうしているのかと思うと、いてもたってもいられなかった。案外すぐに元気になって、けろりとしてどこかでおいしいごはんでも食べているか、六甲あたりの山中で息抜きをしているか、ふと思いついて梅田あたりに映画でも見に行かれたのではないか。アモーレさんは悪戯っ子のようなところがあるから、そうやってプチ失踪を愉しんでおられるのではないか。何度もそういうふうに楽観的に考えようとしてみたが、ああそうだ、アモーレさんは財布も持っていないのだと思い返し、何より銀橋で触れたときの手の冷たさがこちらの骨にまでしみわたるような気がして、どうしても悪いほうへ悪いほうへと考えてしまう。

そのときジェリコの携帯が鳴った。レオンからだった。

「いま撮影終わった。あわじくんから刻々と報告のメールが入ってるけど、まだ見つからないって？」

「はい。アモーレさんが消えてからもう六時間以上にもなります。お財布も携帯も家の鍵も、全部楽屋に残してるんです。あんな目立つお衣装で、濃ゆいヅカメイクのまま、どこへ行けるというんでしょう。しかももうほとんど目も見えないのに……」

「病院は？」

「宝塚市内の救急病院は全部当たりましたがどこにも搬送されてません。今、みんなで手分けして一般病院を片っ端から電話してるところです」

「警察へは？」

「明日の朝までに何の手がかりもつかめなかったら捜索願を出すとプロデューサーは言ってます。でも、それじゃあんまり遅すぎるんじゃないですか。劇団は事態の深刻さを何もわかってないんじゃないかと」

「なるべく警察沙汰にはしたくないんやろ」

「明日の公演は代役で行くから準備しとくようにって」

「ああ、ジェリコがアモーレさんの代役だったね」

「私の役の代役の子にももう通達済みです。そういうドライなとこが、なんかもうやりきれなくて……」

「仕方ないよ、舞台に穴は開けられないんやから」

「それはわかってますけど」

「昔、別の専科さんから聞いた話やけどね。アモーレさんて研一とか研二とかのうんと若い頃、出番がまだそんなになくて暇を持て余してさ、公演の真っ最中に大劇場をこっそり抜け出しては隣のファミリーランドで遊んでたりしてたらしいよ。それこそお衣装着て舞台メイクのまま。アモ散歩って言われて伝説になってたらしいわ」

「ああ、昔は大劇場の隣に遊園地と動物園があったんですってね。なんてのどかな時代でしょうね。今そんなことしたら下手したらクビですよ」

「だから、卒業が迫ってふいにそんな若い頃が懐かしくなって、アモ散歩してみたくなっただけかも。劇団上層部もそのことが念頭にあるから、あえて静観してるだけかもしれないよ」

「だといいんですけどね」

「私もさすがに公演中はできないけど、お稽古中に抜け出して武庫川べりをぶらぶら歩いたりしたことあるよ。落ち込んだり煮詰まったりしたときに川べり歩くと、すーっと気持ちがほどけていくというか、いい気分転換になるんだよ」

「へえ、レオンさんでも落ち込むことってあるんですか」

「しょっちゅうや。一日一回は自己嫌悪で死にたくなるわ」

「そういえば今日アモーレさんが歌詞忘れて、そのあとでひどく自己嫌悪に……」

そこまで言って、ジェリコははっと気づくことがあった。専科の中でも最も芸達者と言われたアモーレさんが歌詞を忘れることの重大さを。それがどんなに許しがたい屈辱的なことだったか。役者が劇場から逃げ出したくなるほどの屈辱とはどれほどのものだったか。若きアモーレさんも、暇を持て余したからファミリーランドに遊びに行ったのではなくて、芸事ができない自分が恥ずかしくて、そんな自分を許せなくて、劇場から逃げ出していたのではないのか。それは散歩などという気楽なものではなく、恥に耐えかね自分を律するための放浪だったのではなかったか。そんな誇り高い人がこつこつこつこつ努力して、芸を磨いて、専科にまで上り詰めて、その結果として宝塚一と言われるほどの芸の力を身に着けたのではないか。それなのに大切な退団公演の、演出家が自分に敬意を表して作ってくれた餞のシーンで歌詞を忘れるという失態を犯した瞬間、アモーレさんはこれまで積み上げてきた輝かしい栄光がすべて吹き飛んでしまうほどのショックに叩きのめされて、一気に心と体の両方がぶっ壊れてしまったのかもしれない。

その話をレオンにすると、

「でも、あんな百戦錬磨のプロ中のプロが、一回歌詞を忘れただけでそんなにショックを受けるものかな？　アハハ、やっちゃったよ、っていつもなら笑って済ませるところやない？」

という。

「いつもならそうですけど、四十年間立ち続けた大劇場を卒業するというのは、私たちなんかの想像をはるかに超えた思いがあるのでしょう。千秋楽までもうカウントダウンの状態で、体調もどんどん悪くなってて、千秋楽までもつかどうかっていうぎりぎりのところにおられたんだと思います」

「確かにここ数日、ちょっと元気がなかったね」

「連日同期の方やら元トップさんたちが観にいらしてるから、どんなに具合が悪くても絶対に休演できないっていうプレッシャーもあったでしょうね」

「生けるレジェンドやもんな、アモさんは」

それだけではない。歌詞を忘れる前に、アモーレさんは銀橋から落ちかけたのだ。自分とレオンがいなければ、あるいは気づかなかったら、確実に銀橋から客席に転落していた。むしろそのことのほうが、アモーレさんには耐え難い屈辱だったのかもしれない。銀橋とはただの通路ではなく、浮き橋のようなもので、強いライトが当たると現実感が損なわれて浮遊感が倍増する。浮き橋から落ちることは、タカラジェンヌとしての象徴的な死を意味する。天使が羽根をもがれて、冥界から転落することと同じなのだ。

胸騒ぎが大きくなってきた。ここにこうしてはいられない、とジェリコは腰を上げた。

「昔のファミリーランドに代わるものといえば、やっぱり武庫川べりですよね。私、ちょっと川べりを探してみます」

「私も行くわ。ジェリコは南口駅方向から、私は宝塚駅方向から手分けして探そう」

「レオンさん、明日は二回公演ですよ。どうぞもうお帰りになって休まれてください」

「アモーレさんは私にとっても宙組にとっても大切なお方や。ほっとけないよ」

「じゃあ一時間だけですよ。そのあとは私に任せてくださいね。万一トップさんに何かあったらそれこそ一大事ですから」

「わかった」

ジェリコは宝塚大橋を渡りきってから川べりに下り、川沿いをゆっくりと歩いて人影を探した。この時間の宝塚村はゴーストタウンのように人っ子一人歩いていない。まわりにいくつも建ち並んでいる高層マンションの住人たちはビールでも飲みながらテレビを見ているか、スマホでゲームでもしているか、もう布団に入っている人もいるだろう。この界隈でこんな時間まで目を血走らせて働いているのは、タカラジェンヌくらいのものだろう。

三十分ほど歩いて、最初に見つけたのは金色の靴だった。樹木の植え込みの茂みから、まるでスポットライトを浴びているかのように、月光を浴びて輝いているその靴がまず見えた。続いて紫色のスーツが見え、胸元につけた薔薇が見えた。アモーレさんは木の葉や泥にまみれて、茂みの中に倒れ込んでいた。

「アモーレさん……アモーレさん……アモーレさん！」

呼びかけても、返事はない。まるで死んだ演技でもしているかのようだ。それとも本当に死んでいるのだろうか。ジェリコは深呼吸して、脈を取ってみた。まだ弱々しくはあるが脈は打っている。アモーレさんはまだ生きているのだ。携帯から救急車を呼んでいるとき、ジェリコが来たのと反対方向から走ってくる人影が見えた。レオンが息を弾ませて近づいてきた。

「死んでるの？」

「まだ息はあります。今救急車呼びました」

「よかった。じゃあ劇団に連絡入れるね」

「お願いします」

レオンが組長に電話していると、かすかな呻き声がして、アモーレさんがゆっくりと目を開けた。

「アモーレさん、動かないでください。今、救急車が来ますからね」

アモーレさんは何か言おうとしたが、なかなか言葉にはならなかった。それでも何かを必死で伝えようとしているのでジェリコとレオンが耳を澄ませたところ、アモ散歩、という言葉らしきものが聞き取れた。

「アモ散歩……そう言わはったなあ、今」

「ええ、確かに」

アモーレさんはそれから照れ臭そうに微笑もうとした。

「もう何もおっしゃらなくていいですよ。アモーレさんはただ、お散歩してただけなんですよね？　昔みたいに、ちょっとアモ散歩してただけなんですよね？」

「そうや。でもアモ散歩にしてはいささか長すぎる散歩でしたねえ」

「こんな河原に六時間もいらっしゃったんですか……真冬ならとっくに死んでましたよ……私があのとき、ちゃんと診療所にお連れしていれば……すみません……本当にすみません……」

「自分を責めるな、ジェリコ。よく見つけてくれた、ありがとうって、アモさんもそう言ってるよ」

レオンがアモーレさんの右手を握り、ジェリコが左手を握りしめた。二人でアモーレさんの髪の毛やお衣装についた木の葉を取ってやり、泥に汚れた顔を拭いてやった。

「残りの公演期間は私が代役を務めさせていただきますから、何も心配しないでゆっくりお休みになってくださいね」

「この人は最強のアンダースタディですからね。きっとアモさんに恥ずかしくない芝居をしてくれると思います」

アモーレさんはかすかに頷いたように見えた。それなら安心やな、とでも言うような顔をして、ジェリコの手をそっと握り返そうとした。そのとき救急車のサイレンが近づいてきた。

アモーレさんは急性心筋梗塞の発作を起こして深刻な不整脈を発症しており、まさに瀕死の状態で病院に運ばれた。非常に危険な状態にあり、ここ一両日がヤマだと言われた。

残り二日の大劇場公演はジェリコが代役を務め、ジェリコの役はその代役の下級生が務めた。ショーのシャンソンのシーンは代わりがいないと大吉先生が判断して、丸々カットされた。劇団は公式サイトで「休演者のお知らせ」を出し、愛河凜が体調不良のため千秋楽まで休演すると発表した。その途端、劇団に問い合わせが殺到し、ツイッター上でアモーレさん重病説が囁かれはじめた。前楽のフィナーレのあと、いったん降りた緞帳が再び上がって、組長が挨拶をすることになった。異例のことだが、これまで一度も休演したことのない筋金入りの専科さんが千秋楽の舞台を休演するのはよほどのことであると、アモーレさんの体調を心配するファンを気遣ってのことだった。まろ姐組長はいつものキャラを抑え、整列する宙組生たちの前で粛々と挨拶を述べはじめた。

「本日は宙組公演にご来場いただきましてまことにありがとうございます。明日の千秋楽で卒業する専科の愛河凛さんの休演につきまして多くのお客様からご心配のお声をいただいておりますので、わたくしから一言ご説明をさせていただきます。愛河凛さん、アモーレさんは昨日の夜、心臓疾患でお倒れになり、救急搬送されて、現在も闘病中でございます。四十年にわたって生涯を宝塚に尽くされ、この宙組公演が卒業公演でございました。明日の千秋楽では緑の袴と黒紋付きの正装で大階段を降りて皆様に最後のご挨拶をさせていただくはずでしたが、このようなことになり、宙組生一同大変なショックを受けております。何より、アモーレさんご本人が一番おつらく心残りであろうと思います」

　客席からも、舞台上に居並ぶ宙組生たちからも、洟を啜る音が聞こえた。みずかも涙をこらえて目頭を押さえていた。

「ご病状はいまだ予断を許さず非常に厳しいものではありますが、アモーレさんはとても強いお方です。メンタルも人並みはずれたものがある方です。この大劇場では最後の晴れ姿を皆様に見ていただくことはできませんでしたが、きっとご快復されて、東京公演には必ず戻ってきてくださると信じております」

ここで客席から静かな拍手がさざ波のように起こった。病室のベッドにいるアモーレさんに向けてエールを送るように、客席がひとつになっていた。

「ありがとうございます。お客様がくださったこの温かい拍手が病床のアモーレさんに届き、ご快復の一助となりますことを願っております。愛河凜さんは全生徒が心から尊敬しお慕いしてやまない先輩であり、宝塚の至宝のような専科さんでした。このまま卒業のご挨拶もしないであの世へ旅立つことなど、この私が断じて許しません」

ついうっかり出てしまったまろ節が厳粛な空気を一瞬緩ませ、観客は笑ってもよいものかどうか戸惑ったが、泣き笑いのようなざわめきが起こり、この言葉によってアモーレさんの病状がいかに深刻なものかが伝わることになった。レオンがとうとうこらえきれずに涙を拭ったのを見て、客席から啜り泣きが漏れはじめた。みずかも、ジェリコも、イッセイさんも、きよしさんも、あわじくんも、上級生から下級生に至るまで、宙組生全員が泣いていた。特にジェリコの憔悴ぶりは誰が見ても一目瞭然だった。

「今この瞬間も、アモーレさんは懸命に病魔と闘っておられます。私たちにできることはただ神様に祈ることだけであり、明日の千秋楽の舞台をアモーレさんに恥じない出来で務め上げ、お客様にお届けすることだけでございます。どんなに小さい可能性であっても、私たちは決して諦めません。アモーレさんの命を、パッションを、諦めたくはないんです。アモーレさんの卒業のご挨拶はどうか、東京公演までお待ちください。私たち宙組生は一丸となってこの試練を乗り越え、いつアモーレさんがお戻りになってもいいように、精進してまいる所存でございます。それでは、宙組トップスター花瀬レオが一言ご挨拶申し上げます」

　いきなり振られて、えっ、そんなの聞いてないよと思ったが、レオンはトップらしくうろたえずに前に出ると、涙を拭い洟を啜ってこう言った。

「えー、この期に及んで私ごときが何を言っても仕方ないと思いますので、今日のところはみんなの想い、お客様の想いを代表して一言だけ叫ばせていただきます。カムバーック、グランデ・アモーレ！」

　どっと泣き笑いと拍手が起こった。こんなふうに笑いにまぶしてしまわなければとてもやりきれないといった切実さが、その一言にはあらわれていた。きちんとした挨拶は明日の千秋楽のときにすればいいと思った。

「本日はありがとうございました。明日の千秋楽もみんなで力をあわせて乗り切っていきたいと思いますので、どうぞよろしくお願いいたします」

　明けて翌日の千秋楽は、ヅカきっての晴れ男役・花瀬レオの神通力がつうじたかのように、梅雨時にもかかわらず雲ひとつない快晴になった。

前日にそれぞれの会で申し合わせをおこない、状況を慮って入り出のさいの特別なイベントは一切やらないことを決めていたので、千秋楽らしくないごく静かな楽屋入りとなった。どのスターもお手紙渡しなどはせず、淡々と厳粛な面持ちで楽屋に入っていった。アモーレさんと一緒に卒業する予定だった生徒たちだけが、白いスーツやワンピースに身をつつんで晴れがましさを滲ませながら最後の大劇場楽屋入りをした。レオンも沈痛な表情でポルシェを降りたが、ファンの姿を見るとやさしく微笑んで、行ってきます、と声をかけた。やや緊張した様子で楽屋入りした初日から比べると、もうすっかりどこから見てもトップとしての風格と自信が漂っていた。

レオンの化粧前にはいつものようにみずかが用意してくれる生花が飾られていた。今日は白い紫陽花だった。それはアモーレさんの好きな花だったと思い出した。まるで娘役のドレスにあしらわれたレースのようなこの清楚な花弁が好きなのだと仰っていた。いつも通りメイクをしてお衣装を着ると、自然と専科部屋へ足が向いた。まろ姐組長もきよし副組長もあるじのいない専科部屋の前に立っていた。本日もよろしくお願いします、どうか私たちをお見守りください、と三人は心の中でアモーレさんに声をかけた。

開演前に全員が舞台に集められて、千秋楽恒例の退団セレモニーの段取り稽古がおこなわれた。最後に大階段を降りる予定だったアモーレさんに敬意を表し、組長がアモーレさんの名前を呼ぶと本人不在のままピンスポットだけが階段を降りてくるという演出に変更になった。そのあと専科からと同期からのお花渡しがおこなわれるのだが、同期からのお花渡しは一人に絞り切れず、五人もの元トップスターたちが集結することになったという。

「ええ、前代未聞の異例のことですが、他ならぬアモーレさんのためですので、こういう形になりました。何しろあの期は男役トップ二人、娘役トップ三人も輩出した黄金の期でして、そのうえ癖の強い方が盛りだくさんでですね、どなたもお譲りになられず、そんなことで揉めるくらいならみんなで行こかということになったそうです」

と演出助手が説明すると、舞台にいる全員から爆笑が起きた。

「専科さんと五人の同期さんからのお花はステージ上に置かれます。アモーレさんのご挨拶はありませんが、そこにスクリーンが降りてきて、アモーレさんの舞台姿の映像が流れます」

そこまで演出助手が説明したところで、宙組生たちがざわざわとしはじめ、組長が異を唱えた。

「ちょっと待ってください、先生。それはまるで亡くなった方への追悼のように見えませんか？　アモーレさんはまだ生きてはるんですよ。そんなことしたら縁起が悪いんじゃないですか？」

助手が口を出そうとしたのを大吉先生が止めて、本人がマイクを取った。

「確かに僕もそれはちょっと思ったんですが、何もしないのもかえって失礼ではないかなと思いました。なので、東京公演での復帰をお待ちしていますという願いを込めて、映像の最後に See you in TOKYO, Comeback Grand Amor というテロップを入れたいと思います。みなさん、いかがですか？」

「なるほど、それならええかも。なあレオン、どう思う？」

「いいんじゃないでしょうか。せっかくアモーレさんのために元トップさんたちが五人も来てくださいますし、ファンの方々もアモーレさんの勇姿をひと目ご覧になりたいと思いますので」

「では、それで行きます。みなさん、よろしくお願いします」

着々と開演に向けて準備が進み、開演十分前に組長が楽屋に全員を集めた。

「朝、病院に寄ってきたんやけど、アモーレさんはまだ危険な状態を脱していないそうや。今夜あたりがヤマらしい。ということはや、今夜さえ持ちこたえられれば希望はあるということや。おまえらみんな、誰ひとり気を抜くな。アモーレさんの魂が今、ちゃんと舞台が進行してるか心配で心配で、幽体離脱して大劇場を浮遊してるに違いないわ。その魂をご本人にお返しするためにも、しっかり舞台するんや。ええな、わかったな」

はい、と全員が力強く声を揃えた。

芝居の幕が開くとジェリコはアモーレさんの代役を気丈に務めていたが、出番を終えて袖に戻ると、ふとした隙に虚ろな表情で思い詰めていることがレオンは気になっていた。あの空白の六時間さえなければ。あのとき自分が責任をもって診療所まで連れて行っていたら。ジェリコがそんなふうに自分を責め続けていることが手に取るように伝わってきて、もしアモーレさんに万一のことがあればこの人は立ち直れないのではないかという気がした。こういうときにかけるべき言葉も思いつかず、うかつなことを言えばますます追い詰めてしまいそうで、レオンはジェリコへの接し方を思いあぐねていた。

「ジェリコさんがもう張り詰めすぎて壊れそうで、とても見ていられません」

芝居が終わって休憩に入ると、みずかがレオンにそっと囁いた。張り詰めているのはみんなも同じだった。幹部部屋を出て大部屋に行くと、あわじくんも、他の下級生たちも、みんなが悲痛な顔をして俯いていた。いつもなら誰かが軽口をたたき、みんなで大笑いして、ひっきりなしに何かを食べているのに、誰も笑わず、誰も食べていなかった。

「なんや、宙組らしくないなあ。みんな、食べないと体もたへんよ。今日は退団セレモニーもあるし、私がアモーレさんのためにめっちゃ感動的なスピーチするから、カーテンコールも二十分以上続くやろ。すみれキッチンのごはん、何でも私のつけで食べてええから」

「アモーレさんが生きるか死ぬかってときに、ごはんなんか食べられませんよ」

「こんなときに明るく熱いラテンショーやらなあかんのも、つくづく因果な商売ですよね。うまく笑えるか自信ないわ」

「こんなときだからこそ食べて、こんなときだからこそ笑うんや！」

　レオンは大部屋じゅうに響き渡る大きな声を出していた。ひとりひとりの顔を見渡し、時々ジェリコの顔を見ながら、レオンは静かに語りはじめた。

「お客様に私たちの事情なんか関係ない。なぜこの世界に宝塚があるのか考えてみろ。

会社や学校や子育てや介護や自然災害で疲れ切っているお客様に少しでも元気になっていただくために、明日もがんばろうと思っていただくために、私たちジェンヌは全力で笑い、歌い、踊るんや。娘役はお客様にあるべき理想の姿をお見せして、男役は舞台上からお客様を抱きしめて、束の間でもこの世の憂さを忘れていただき、笑顔になっていただくことが私たちの仕事や。そのために私たちは血の滲むような努力をして、世界でここにしかない絶対的な美を作り出す。本当に美しいものだけが、絶望してる人の心に訴えかけて、人の心を救うことができる。喉が潰れても、骨が折れても、体がぼろぼろになっても舞台に立って、ライトが当たらないはじっこにいても心から笑って、一糸乱れぬ群舞を踊って、絶望してる人をほんの一瞬でも笑顔にしてさしあげる。こんな素敵な仕事が他にあるか？　だから私たちのやってることはお嬢様芸でも学芸会でもなくて、つねに危険と隣り合わせの、命がけの芸術なんだよ。格差や偏見だらけのこんなひどい世の中で、人生はつらいことばっかりだけど、一生懸命生きてればたまには神様がご褒美をくれることもあるし、生きるってそんなに捨てたものでもない。人生ってさ、どこか宝塚の舞台みたいだと思わない？　いろいろあって、笑って泣いて、でも最後には希望に満ちたフィナーレがある」

　ジェリコが涙を浮かべながら深く頷いていた。下級生たちは打たれたように身じろぎもしないでじっと耳を傾けていた。

「さあみんな、胸を張れ。顔を上げろ。誇りを持て。宝塚の舞台が美しいのは、私たちの生命力が輝いているからだ。スタッフの才能と裏方さんの献身とファンの方々の熱い思いが私たちの生命力とまじりあって、舞台に魔法がかかっているからだ。一回一回の舞台は奇跡のようなものなんだ。今日の燕尾はアモーレさんの魂に捧げる献舞にしよう。大劇場の空間を心配そうに浮遊しているアモーレさんの魂を慰撫してご本体にお返しするために、ひとりひとりができる最高の燕尾を踊ろう。希望に満ちたフィナーレに向かって、みんなで力を合わせよう」

ジェリコが泣きながら拍手すると、全員が静かな興奮を漲らせてそれに従った。下級生たちは武者震いして猛然とメイクを直しはじめた。注文を取りに来たすみれキッチンのお姉さんに殺到し、レオンさんのつけで、と叫んであらゆるものを注文しはじめたみんなを見て、レオンはようやく安心して幹部部屋に戻った。まろ姐組長がニコニコして出迎えてくれた。

「よう言ってくれた。ええこと言ってくれたうえに、食べ物でみんなのハートをつかむあたり、あんたはもう名実ともに宙のトップになったな」

「ありがとうございます」

「せやけど、あの子らの食欲の底をまだ知らんようやな。来月の天引き見て腰ぬかすで。かわいそうやから、私も半分もったるわ」

「うっ……た、助かります……」

「ジェリコは師匠譲りでタフな子や。きっと大丈夫や」

「はい、そう願ってます」

レオンはメイクを直し、みずかが作ってきてくれたおにぎりを食べると、イヤホンをして精神集中のための音楽を聴きはじめた。

黒燕尾を着た男役たちが、カゲ段に黙々と集まってくる。誰も一言も発さず、しんとした集中のなかにいる。リーゼントには髪の毛一本垂れていてはならず、燕尾には塵ひとつついていてはならず、靴はピカピカに磨き上げられていなければならない。レオンの靴はパッパさん退団の折に壮絶なジャンケンバトルを勝ち抜いて形見分けで頂戴したもので、初日や千秋楽といった特別なときにしか履かないとっておきのものだ。ジェリコの白い蝶ネクタイもアモーレさんから退団発表後に譲っていただいた形見分けの品だった。そういう大切な品々を御守りのように身に着けて、そういうもので身を浄めてもらって、男役たちは神聖な黒燕尾の献舞に臨む。

前のシーンのラインダンスが終わって彼女たちがはけはじめると、前奏とともに大階段に板付くトップスターの姿がスポットライトの中に浮かび上がる。階段上から続々と二十四人の男役たちが隊列を組んで降りてきて整列し、ふぉっ、という掛け声ひとつで群舞がはじまる。最も強い光の中にその身を挺し、天上へとまっすぐに伸ばした腕一本でその儀式を司るトップスターは、舞台の神様とひとつにつながっているかのようだ。呼吸ひとつ乱れても振付家によって緻密に計算され尽くした動線とカウントを崩してしまいかねないため、指先から燕尾のテールに至るまで隙間なく神経が張り巡らされ、一振りごとに研ぎ澄まされて、一ミリの無駄も遊びもない端正な動きで全体のラインが整っていく。誰もが無心で、静謐な気迫を込めて、毅然と、そして優雅に舞いながら、センターにいるトップスターへとそれぞれの思いを集約していく。一糸乱れぬ動きで大階段を降り切った男役たちは本舞台での振りに入る。

　ジェリコはレオンの斜め後ろにいた。レオンは言葉をかけるかわりに、黙って燕尾の背中を見せようと思った。ジェリコ、私を見ろ。私の背中を見ろ。男役の人生がしみこんだこの燕尾の背中を見て、おまえの人生を乗り越えてゆけ。レオンは踊りながら背中で語りかけた。ジェリコはその言葉を受け取った。身を反らせるたび、回転するたび、レオンの首から汗がシャーッ、シャーッ、と飛び散って、ジェリコの顔に慈雨のように降り注いだ。ジェリコはレオンの覚悟と息遣いを感じながら、首筋からだだ漏れる色気と包容力と男気につつまれながら、舞台の神様すらもたらしこむこの人の大きな愛に抱きしめられながら、涙をこらえ祈りのためにその身を捧げて踊り続けた。

　最後に男役たちは本舞台から銀橋に出て、一列にずらりと並んだ。ラストの掛け声とともに力強くポーズを決めると、レオンが胸につけていた赤い薔薇のコサージュがぽろりと客席に落ちた。それは最前列で瞳を輝かせてレオンを見つめていた少女の膝の上に落ち、少女はその薔薇を大切そうに握りしめた。レオンは少女を見て、とろけるような微笑とウインクを送った。

# あとがき

　これは『男役』『娘役』に続く、宝塚シリーズ第三弾になります。前二作を読んでいなくても、これ単体で読んでも問題はありません。が、併せてお読みいただければ、より深く物語世界をお楽しみいただけると思いますので、この小説を読んでレオンやパッパさんに興味を持たれた方は、ぜひ前二作も読んでみてください。どちらも文庫化されています。電子書籍でも読むことができます。順番はどれから読んでも大丈夫です。

　第三弾を書くにあたり最も苦労したのは、タイトルでした。わたしはタイトルが決まらないと書けないタイプです。男役、娘役、と来てそのあとはどうすればいいのか。いくつかの仮題のもと構想を練りはじめたものの何度も挫折し、いたずらに時間だけが過ぎていきました。紆余曲折の結果、どうせなら漢字二文字できれいにまとめたいし、宝塚にしかなく、宝塚を象徴するもの——ということでこの『銀橋』というタイトルが浮かびました。タイトルは必ず小説の本質を含んでいるもので、これしかない、という良いタイトルが浮かんだときはそれに導かれるようにして迷いなく進んでいけるものです。今回は苦し紛れにつけたタイトルでしたが、結果的にはこれ以上ない、この物語にふさわしいタイトルになったと思います。

　前二作のようなファンタジー要素という縛りが今回ないのは、銀橋という存在そのものがあちら側とこちら側を隔てる神秘的な装置であり、彼岸と此岸の結界のようなまさにファンタジー的な役割を備えているので、あえて「大劇場に棲みつく亡霊」とか「ヅカファンのヤクザの組長」といったぶっとんだ設定にせずとも、この架け橋を日々渡りながら歌ったり踊ったりキザったりしているジェンヌさんたちの日常を素直に描けばいいのだと思いました。二階席から見ると、暗いなかに淡いライトだけで浮かび上がる銀橋はまるで天の川のように見えます。これ以上に幻想的な仕掛けはなく、そこを優美にお渡りになる男役さんと娘役さんの姿ほどファンタスティックなものはありません。そして大劇場から南口駅方向に歩いていくと、そこには宝塚大橋というもうひとつの舞台装置があります。今回はこの二つの橋の上で起こるドラマを軸にして小説を書いてみました。

宝塚歌劇団は実在する劇団であり、ジェンヌさんたちは生身の肉体を持ってリアルに存在し、今日も舞台に立っていらっしゃいます。この小説は１００％フィクションです。この小説に登場するジェンヌさんに特定のモデルはなく、この小説で描かれる宝塚歌劇団は作者のイマジネーションおよび妄想の産物であり、実態とはかけ離れているかもしれないことを明記しておきます。わたしが書く宝塚小説は、あくまで小説家・中山可穂のフィルターを通して見た宝塚であって、わたしなりの愛とリスペクトを込めて独自の方法論で構築した疑似世界に過ぎません。ヅカファンの皆様におかれましては、寛大なお心で数々のツッコミどころを笑い飛ばし、ぜひ登場人物たちをそれぞれのご贔屓に脳内変換してお楽しみいただけたら幸いです。

　前二作にも登場するレオンこと花瀬レオは結構人気があって、次はぜひレオン主役の話を読みたいというお声もちらほら聞こえてきましたので、今回満を持してのトップスター就任となりました。この愛すべき色男について書くことはとても楽しかったです。役者が役を心から好きになり、役と心がつうじあわないとその役を演じられないように、作家もまた、登場人物に深く寄り添い、心から愛さなければその人物を魅力的に描くことはできません。この小説を読み終えてからしばらくたったあとで、たとえストーリーは忘れてしまっても、レオンやジェリコやパッパさんやアモーレさんのことを、まるで本当に生きていた人のようにふと思い出していただけることがあれば、作者としてはとても嬉しく思います。

　宝塚は汲めども尽きぬ物語の鉱脈の詰まった魅力的な世界であり、ジェンヌさんほど作家のイマジネーションをかきたてインスピレーションを与えてくれる存在はいないので、機会があればいつかまたどこかでヅカ小説を書きたいと思いますが、ひとまずこの作品をもってこのシリーズを終わります。このシリーズを書いていた時間は「宝塚とは何か」「男役の美学とは何か」「清く正しく美しくとはどういうことか」について考え続けた時間でもありました。ジェンヌさんになったことのない人間にとっては、おそらく百本書いてもわからない永遠の謎ですが、書けば書くほど宝塚への愛とリスペクトが深まったことだけは間違いありません。ヅカファンの読者とほんのひとときでもこの愛を分かち合えたなら、それで本望です。

この作品を書くにあたっては角川書店の松崎夕里さんにお世話になりました。また前二作同様、ため息の出るような素晴らしいカバー画を銅版画家の浅野勝美さんに手掛けていただきました。宝塚シリーズの表紙を浅野さんの気品ある美しい銅版画で飾らせていただけたことは何よりの喜びでした。この場をお借りして感謝申し上げます。

『男役』『娘役』『銀橋』の宝塚シリーズ三部作を、宝塚を愛するすべての方に捧げます。

２０１８年夏

中山　可穂

# 解説

早《さ》花《はな》まこ（元宝塚歌劇団雪組娘役）

「あまりにも美しいものを見ると人は悲しくなるのだということを、えり子は十四歳で知ることになった。それはえり子にとって、宝塚というものが人生のなかに入ってくる瞬間だった」

どうして宝塚をめざしたのかと問われるたび、うまく答えられなかった、私の説明しようのない思いを解いてくれる文章を『銀橋』の中に見つけた。

そして、あまりにも美しい文章を読むと私は悲しくなる。中山可穂さんの小説が人生のなかに入ってくる瞬間、そう感じるのだ。

十年以上も前に初めて『感情教育』の一頁を捲《めく》って以来、中山さんの小説が私の本箱から姿を消したことはない。宝塚のお稽古《けいこ》場《ば》に通い詰め、初日から千秋楽までただ駆け抜ける毎日を送りながら、私は夢中で中山さんの小説を読んだ。息を止め、炎天に焼かれ、マラケシュの大地をさまよい、白薔薇《しろばら》の淵《ふち》で微笑《ほほえ》み、雨に降られた。『ケッヘル』に魅了されて海を越え、プラハのカレル橋で「ここに惨殺された栗田《くりた》氏が！」とマニアックな感激に震えて何の変哲もない欄干をばしばし撮影した。

そんな筋金入りの中山さんファンを自称する私が、ずっと読まずにいた本があった。何を隠そう、それは『男役』『娘役』、そしてこの『銀橋』。

強烈に心惹《こころひ》かれながらも、私はどうしても三冊の宝塚小説を手に取ることができなかった。敬愛する作家さんの眼に、自分が身を置く世界はどう映るのか。中山さんの鋭い筆先が胸に突き刺さることを恐れていたのだ。宝塚を卒業してから三冊全てを一気に読了した私は、呆然《ぼうぜん》として、思った。「こんなにも愛に満ちた物語を、なぜ宝塚の生徒として読まなかったのだろう」と。

かつて舞台で命を落とした偉大なトップスターが、宝塚の守護神ファントムさんとなり新人スターと心交わす『男役』。現実を超えた舞台空間に全てを捧《ささ》げる者たちの、その生き様に胸が熱くなる。

『娘役』は、一人の娘役の成長と、彼女を密《ひそ》かに見守り続ける孤高のヤクザの物語。春日《かすが》野《の》八千代《やちよ》先生の教えを語るのは、仁侠《にんきょう》道を生き抜いた男だ。その伝説の親分が、「品格、行儀、謙虚」を兼ね備えた立派なヤクザになれと若い子分を諭す。これほどロマンティックなシーンは、中山さんの小説にしかあり得ない。

前二作にも、銀橋という舞台機構は登場する。それは客席の目前を横切る、スターのみが通る道だ。

「銀橋とは彼岸《ひがん》と此岸《しがん》のあいだに横たわる河、はるか子午線をよぎる下弦の月からまっすぐにこぼれ落ちた光の帯だ」(『男役』)

新人公演の初主役を射止めた永遠《とわ》ひかるは一人、銀橋に足を踏み出す。降り注ぐピンスポットと拍手は、彼女の心身に後戻りできない陶酔を刻み込んでしまう。

「今自分が立っているこの特権的な場所から引き摺《ず》り下ろされずに済むためなら、人殺し以外のどんなことでもするだろうとひかるは思った」(『男役』)

この陶酔感が好きか、怖いか。それが、役者のあり方を分かつような気がするのだが、どうだろう。中山さんのお考えを是非とも伺ってみたい。

中山さんはいつも、舞台に立つ者に安らぎを赦《ゆる》さない。眩《まばゆ》いスポットライトの真下へ誘いながら、孤独と絶望を背負わせる。時には命を差し出せと迫り、その頬を打つ。

私の周囲のタカラジェンヌは、厳しいお稽古や多忙な毎日、心を打ち砕かれたり報われるとも限らない努力を続けることを当たり前だと思う人たちばかりだった。中山さんが書くのは「１００％フィクション」、擬似世界の宝塚だが、時折現実以上の真実が摑《つか》み取られている。命を削る生徒の姿はより鮮烈に浮かび上がり、胸に迫る。

作中には、トップスターだけではなく様々な人物が登場する。渋い脇役をめざすジェリコが、宝塚入団に反対する父親を説得するシーンはとても素敵だ。

「一度あんなライトを浴びてしまったら、たとえわずかな期間しかいられなくても、普通の人生はもう送れないと父は思います」

愛する娘が飛び込む異世界に、得体の知れない不安をにじませる父親。芸能から程遠い境遇にあるジェリコが遥《はる》かな夢に手を伸ばす姿は、多くの少女の姿に重なる。

宝塚に憧《あこが》れてしまった少女を諦《あきら》めさせることは、実に難しい。夢見る若者が抱く自信は、たとえ根拠がなくても絶大だ（私の両親がよく知っているはず）。宝塚受験を認める……というより、あまりの勢いと頑《かたく》なな決意に根負けしてしまう大人も多いのだろう。娘ジェリコの涙を見たお父さんの様子はちょっぴり可笑《おか》しくて、胸が締め付けられるほどに切ない。

「やがて頬に涙がこぼれ落ちると、父はうろたえて、おしぼりで眼鏡を拭いた。さらにお茶のお代わりを注ごうとしたが、もうやかんにお茶は残っていなかった」

昔、とある演出家の先生が仰《おっしゃ》った。

「宝塚の舞台は花を飾った電車。お客様の前を通り過ぎる一瞬だけ、綺麗《きれい》な夢を見せる」

中山さんが書く宝塚は、幻想のトンネルをひた走る煌《きら》びやかな夜汽車と、その後ろに冷たく横たわる線路だ。華やかな成功、選ばれた者のみが輝けるひととき。その代償に、彼女らはかけがえのないものを差し出す。それは宝塚で過ごした日々、私が幾度となく目にした光景だ。

銀橋と宝塚大橋。ふたつの橋を行き交う人々は巡り会い、涙し、希望を燃やす。静かな夜ふけに宝塚大橋から見上げると、劇団のお稽古場の窓にはいつも灯りがともっていた。誰かが汗を流している。この世の果てにかかる、銀橋へと歩み出すために。宝塚への愛情が詰まったこの小説は、終幕後の空想をかき立ててやまない。レオンの胸元からこぼれ落ちた赤薔薇は、少女を過酷な道へ導くのか。そして散り果てる花弁とともに、アモーレさんは数多《あまた》の舞台の思い出を抱いて眠りにつくだろう。中山さんの書く現実と夢の間《あわい》で、真紅の造花は瑞々《みずみず》しく香る。私もまた、その花に手を伸ばした観客の一人だ。

本書は、二〇一八年九月に小社より刊行された
単行本を加筆修正のうえ、文庫化したものです。

銀《ぎん》橋《きょう》

中《なか》山《やま》可《か》穂《ほ》

令和3年 4月25日 初版発行
令和6年 2月5日 再版発行

発行者●山下直久

発行●株式会社KADOKAWA
〒102-8177 東京都千代田区富士見2-13-3
電話 0570-002-301(ナビダイヤル)

角川文庫 22626

印刷所●株式会社KADOKAWA
製本所●株式会社KADOKAWA

表紙画●和田三造




ISBN 978-4-04-111154-3 C0193

# 角川文庫発刊に際して

角川源義

第二次世界大戦の敗北は、軍事力の敗北であった以上に、私たちの若い文化力の敗退であった。私たちの文化が戦争に対して如何に無力であり、単なるあだ花に過ぎなかったかを、私たちは身を以て体験し痛感した。西洋近代文化の摂取にとって、明治以後八十年の歳月は決して短かすぎたとは言えない。にもかかわらず、近代文化の伝統を確立し、自由な批判と柔軟な良識に富む文化層として自らを形成することに私たちは失敗して来た。そしてこれは、各層への文化の普及滲透を任務とする出版人の責任でもあった。

一九四五年以来、私たちは再び振出しに戻り、第一歩から踏み出すことを余儀なくされた。これは大きな不幸ではあるが、反面、これまでの混沌・未熟・歪曲の中にあった我が国の文化に秩序と確たる基礎を齎らすためには絶好の機会でもある。角川書店は、このような祖国の文化的危機にあたり、微力をも顧みず再建の礎石たるべき抱負と決意とをもって出発したが、ここに創立以来の念願を果すべく角川文庫を発刊する。これまで刊行されたあらゆる全集叢書文庫類の長所と短所とを検討し、古今東西の不朽の典籍を、良心的編集のもとに、廉価に、そして書架にふさわしい美本として、多くのひとびとに提供しようとする。しかし私たちは徒らに百科全書的な知識のジレッタントを作ることを目的とせず、あくまで祖国の文化に秩序と再建への道を示し、この文庫を角川書店の栄ある事業として、今後永久に継続発展せしめ、学芸と教養との殿堂として大成せんことを期したい。多くの読書子の愛情ある忠言と支持とによって、この希望と抱負とを完遂せしめられんことを願う。

一九四九年五月三日